秘湯の女

◆◆◆

葉月奏太

Souta Hazuki

紅文庫

目次

装幀　遠藤智子

秘湯の女

プロローグ

ある日の夕方、大橋健太郎《おおはしけんたろう》は体育館の裏手にある部室棟に向かった。

大学の卒業式が数日後に迫っている。とはいっても、自分が卒業するわけではない。この春、健太郎は二年に進級することが決まっている。つまり、今はまだ正確には一年生だ。

健太郎は帰宅部だが、部室棟に向かっている。三つ年上の先輩、村上咲恵《むらかみさきえ》に告白するためだ。

咲恵はテニス部に所属している。この時間は部室にいるはずだ。

卒業が近いが、毎日、遅くまで残って練習しているのを知っていた。コンパが目的の部員が多いなか、咲恵は真剣に競技に取り組んでいる。先ほども、ひとりテニスコートに残り、黙々とラケットを振っていた。

健太郎は十九歳、咲恵は二十二歳だ。

もうすぐ社会人になる咲恵から見れば、健太郎はまだまだ子供に違いない。それでも、最後のチャンスにかけることに決めた。卒業してしまったら、コートで練習する咲恵を遠くから眺めることもできないのだ。

西の空は夕日で燃えるようなオレンジ色に染まっている。

グラウンドに人影は見当たらない。サッカー部もラグビー部も野球部も、すでに練習が終わったらしい。体育館も静かで声はいっさい聞こえない。代替わりの時期で、練習を休みにしている部活も多いようだ。

体育館の角を曲がると、夕日に染まった部室棟が見えた。

プレハブの細長い建物だ。一階建てで、かまぼこ形をしている。見るからに古くさくて、いかにも体育会系という感じだ。関係者以外は拒む雰囲気で近寄りがたい。実際、健太郎は一度も入ったことがなかった。

建物の端にドアがある。

歩み寄ろうとしたとき、ちょうど部室棟から四人の男女が出てきた。楽しそうにおしゃべりをして盛りあがっている。

健太郎は思わず彼らに背中を向けた。

クラブに所属していないので、咎《とが》められるのではないか。とっさに人を待っているフリをして、腕時計に視線を落とした。だが、誰も健太郎のことなど気にすることなく、すぐ隣を通り過ぎていった。

(なんか、緊張するな……)

暑くもないのに、額に汗がじんわり滲《にじ》んだ。

彼らの話し声が遠ざかると、部室棟の周辺は静かになった。健太郎は恐るおそる入口に歩み寄る。物音はいっさい聞こえない。どうやら、ほとんど人は残っていないようだ。告白するには絶好の状況だ。

(よし、行くか)

気合を入れると、ドアをそっと開ける。

薄暗い廊下が奥までまっすぐ伸びていた。廊下の左右には、木製のドアが等間隔にいくつも見える。体育会系のクラブがいくつあるのか知らないが、この建物にすべての部室が入っているという。

このたくさんあるドアのなかのひとつがテニス部の部室だ。

健太郎は部室棟に足を踏み入れると、左右のドアを確認しながらゆっくり進んでいく。部室棟のなかは静まり返っている。少し埃《ほこり》っぽくて、すえた汗のにおいが鼻につく。帰宅部の健太郎にはなじみのないにおいだ。

それぞれのドアにはプラスチックのプレートが貼《は》ってあり、「陸上部」「バスケットボール部」などと書いてある。廊下が終わりに近づいたところに「テニス部」の文字を見つけた。

（あった……）

ドアごしに微《かす》かな物音が聞こえる。

このドアの向こうに憧《あこが》れの咲恵がいるのだ。そう思うだけで、胸の鼓動が一気に速くなった。

じつは、女性に告白した経験はない。これが人生初の告白だ。これまで女性とつきあったことのない健太郎が、今から面と向かって想いを告げる。緊張しないはずがない。

咲恵と面識はあるが、とくに勝算があるわけではない。むしろ、むずかしいのではないかと思っている。それでも告白するのは、それだけ本気で惚《ほ》れているということだ。

（当たって砕けろだ……）

意を決してノックしようとする。

「ああっ……」

突然、ドアの向こうから女性の声が聞こえた。

健太郎はノックしようとした格好で、はっとして動きをとめる。右手は軽く拳《こぶし》を握ったままだ。

「ま、待ってください。ここでは……ああンっ」

声に聞き覚えがある。

しかも、妙に艶《なま》めかしい声で、ほかにも誰かがいるらしい。まさかと思いながら聞き耳を立てた。

「あっ……ダ、ダメです」

またしても女性の声だ。

なにかを拒んでいるらしい。さらには、チュッ、チュッという湿った音が聞こえる。その合間には色っぽい吐息がまじっていた。衣擦《きぬず》れの音まで聞こえて、なにやら妖《あや》しげな雰囲気だ。

（この声は……）

憧れの人の顔が脳裏に浮かんでいる。

しかも、彼女はひとりではない。誰といっしょにいるのだろうか。雰囲気から察するに男ではないか。

「あンっ……お、落ち着いてください」

耳をそばだてると、女性の声だけではなく、なにやらボソボソとした低い声も聞こえる。だが、なにを言っているかは聞き取れない。

密室で男と女がやることといえば、ひとつだけだ。

いや、まだふたりきりと決まったわけではない。ほかにも部員たちがいるのではないか。しかし、何人もいるにしては静かすぎる。やはり、ふたりきりの可能性が高い気がした。

（頼む。違ってくれ……）

心のなかで必死に祈った。

自分の想像が間違いであってほしいと願う。

こうしている間も男女の声が聞こえて、居ても立ってもいられなくなる。確認せずにはいられない。ドアノブをそっとつかむと、ドアをほんの少しだけ開いて隙間《すきま》を作る。そこに恐るおそる右目を近づけた。

「あぁっ、ダメです……あぁンっ」

喘《あえ》ぎ声とともに、衝撃的な光景が目に飛びこんだ。

男に抱きしめられているのは咲恵に間違いない。窓から射《さ》しこむ夕日をバックに、白いテニスウェアを着た咲恵が困惑の表情を浮かべている。だが、言葉のわりに抵抗は弱々しい。本気でいやがっているようには見えなかった。

「ダメじゃないだろう」

ドアを少し開けたことで、男の声が聞き取れるようになった。

低い声でささやき、咲恵の腰をしっかり抱き寄せる。男も白いテニスウェアを着ており、下半身を密着させていた。

（な、なんだよ、これ……）

なにが起きているのかわからないまま、呆然《ぼうぜん》と立ちつくす。

激しいショックを受けて、目眩《めまい》さえ覚えている。健太郎はドアの隙間に目を寄せた状態で、身動きができなくなっていた。

部室は奥が窓になっており、左右の壁にはスチールロッカーが並んでいる。中央にはプラスチック製のベンチがふたつ置いてあった。窓の前に背の低い棚があり、上の段にはテーピングやコールドスプレーのストック、下の段にはファイルがたくさん並んでいた。

「こ、こんなの困ります」

「そんなこと言って、本当はうれしいんだろう」

咲恵が訴えるが、男は聞く耳を持たない。

男の顔に見覚えはない。咲恵が敬語を使っているので、テニス部のOBかもしれない。そういえば、ときどきOBが来て、コーチをするという話を聞いたことがある。

髪を茶色に染めており、いかにも軽そうだ。遊んでいる感じがするのに、なぜかこういうやつがモテたりするから不思議でならない。とにかく、いけ好かない男だ。

「咲恵ちゃんのことが前から気になってたんだよ」

「で、でも、いきなりなんて……あンっ」

首スジにキスをされて、咲恵の唇から甘い声が漏れる。

さらにはテニスウェアの上から乳房をこってり揉《も》まれて、腰をクネクネとよじらせた。

「ああっ、ほ、本当にダメなんです……」

口では「ダメ」と言っているが、男の胸板にあてがった手には力が入っていない。押し返すわけでもなく、ただ添えているだけだ。

(さ、咲恵さん……)

健太郎は心のなかで呼びかけるだけで動けない。

見た瞬間は咲恵が襲われているのだと思った。しかし、抵抗は口先だけで、本気でいやがっている感じがしない。だから、健太郎は助けに入ることもできずに立ちつくしていた。

「咲恵ちゃん、いいだろ」

男はささやくと顔を寄せる。キスするつもりなのは明らかだ。

「ま、待って……こ、困ります」

咲恵は首を左右によじり、なんとか男をかわそうとする。

しかし、男もあきらめない。頬《ほお》や耳にキスの雨を降らせていく。やがて咲恵の動きが鈍くなり、根負けしたのかついに唇を奪われた。

「ンンっ……」

困ったように眉《まゆ》を八の字に歪《ゆが》めている。

だが、逃げようとしない。それどころか顔を少し上向かせて、唇を差し出すようにしている。いやがるどころか、自ら求めているようだ。

「はむンンっ」

咲恵の唇からくぐもった声が漏れる。

どうやら、男が舌を咲恵の口内に挿入したらしい。ふたりの唇が密着して、なにやら蠢《うごめ》いている。舌をからませているのかもしれない。クチュッ、ニチュッという湿った音が、夕日に染まった部室に響きわたった。

「咲恵ちゃん、かわいいよ」

「ああっ、先輩……」

咲恵がうっとりした表情を浮かべる。

いつしか両腕を男の首に巻きつけており、濃厚なディープキスにすっかり酔っていた。

(そんな、咲恵さんがあんなやつと……)

健太郎は思わず奥歯をギリッと噛《か》んだ。

憧れの先輩が、いかにも軽薄そうな男とディープキスを交わしている。勇気を振り絞って告白するつもりだったのに、まさかこんな場面を目撃するとは思いもしなかった。

「ま、待ってください」

咲恵が慌てた声をあげる。

男がテニスウェアの裾《すそ》をつかんで、まくりあげようとしていた。

白い腹がチラリと見えて、こんなときだというのに、健太郎の視線はついつい吸い寄せられてしまう。悔しくてならないが、咲恵の陶器のようになめらかな肌に魅せられていた。

「俺にまかせておけば大丈夫だよ」

男がささやいて、テニスウェアを大きくまくりあげる。

白のシンプルなブラジャーは、いわゆるスポーツブラだろうか。飾り気のない布地が、双《ふた》つの乳房を包んでいる。男はじっくり鑑賞することもなく、ブラジャーを強引に上へとずらした。

「ああっ……」

咲恵が声を漏らすと同時に、たっぷりとした乳房がまろび出る。

白くて魅惑的なふくらみの頂点に乗っているのは、桜色の愛らしい乳首だ。テニスウェアの上から乳房を揉まれたせいなのか、すでに乳首は充血して硬くなっていた。

「は、恥ずかしいです……」

咲恵は両手で乳房を覆い隠す。顔がまっ赤に染まり、涙がこぼれそうなほど瞳が潤んだ。

「とってもきれいだよ。こんなに素敵な身体をしてるんだ。ほら、隠さないで見せてごらん」

男は歯の浮くようなセリフで褒めると、乳房を覆っている手を引き剝《は》がす。そして、双つのふくらみをゆったり揉みはじめた。

「あンっ……恥ずかしい」

咲恵は羞恥《しゅうち》を訴えるが、もう乳房を隠そうとしない。

男の無骨な指が這《は》いまわり、柔肉に沈みこむたび、うっとりした表情で呼吸を荒らげていく。さらには桜色の乳首を指先でやさしく摘まんだ。

「あっ……そ、そこは……」

身体がビクッと反応する。

どうやら、乳首が敏感らしい。肩をすくめて、上目遣いに男の顔を見る。潤んだ瞳には媚《こ》びるような光が宿っていた。

「ここが感じるんだね」

「あっ……あっ……」

「すごく硬くなってるよ」

男は執拗《しつよう》に指先で乳首を転がす。

咲恵は身体を小刻みに震わせるだけで、男の手を振り払ったりはしない。もはや抗《あらが》いの言葉もなく、愛撫《あいぶ》を受け入れていた。

（ウ、ウソだろ。どうなってるんだ……）

健太郎は部室をのぞいたままの姿勢で、凍りついたように動けない。

咲恵には恋人がいないと聞いていた。だからこそ、卒業を前に告白しようと思ったのだ。

それなのに、咲恵は軽薄そうな男とディープキスを交わして、乳房を好き放題に揉まれている。勃起した乳首を指先でキュッと摘まれると、たまらなそうに腰をよじった。

「ああンっ、も、もう、わたし……」

咲恵がせつなげな表情でつぶやく。

それを合図に、男はスコートをまくりあげてパンティを一気に引きさげる。そして、白いテニスシューズを履いた足から抜き取ると、咲恵をうしろ向きにして両手をロッカーにつかせた。

「尻をもっと突き出すんだ」

「こ、こう……ですか」

咲恵はとまどいながらも男に従う。

腰を九十度近くまで折り、剝《む》き出しの白い尻を高く掲げる。新鮮な白桃を思わせる双臀《そうでん》だ。張りがあって艶々《つやつや》しており、夕日を浴びることでいっそう輝きを増していた。

「うまそうな尻をしてるじゃないか」

「ああっ、あんまり見ないでください……」

からかいの言葉をかけられて、咲恵が喘ぐようにつぶやく。それと同時に突き出した尻を左右にくねらせた。

羞恥が大きすぎて、じっとしていられないらしい。しかし、それが本人の意に反して、まるで男を誘うような淫《みだ》らな動きになっている。左右に振ってくれたことで、健太郎の位置からも尻の谷間がチラリと見えた。

(おおっ……)

喉もとまで出かかった声を必死に呑《の》みこんだ。

サーモンピンクの陰唇がヌラヌラと光っている。乳首の愛撫がよほどよかったのか、大量の華蜜で濡れていた。

(あ、あれが、咲恵さんの……)

健太郎がはじめてナマで見る女性器だ。

憧れの女性の陰唇は、息を呑むほど淫らで美しい。思わずドアの隙間に右目を押し当てて凝視した。

「ひ、ひどいです……」

咲恵がかすれた声で抗議する。

それでも、尻を突き出したポーズを崩さない。腰を微かにそらすことで、尻たぶの頂点がさらに上を向いた。

「なんか不満なのか」

男は短パンを膝《ひざ》までさげると、勃起したペニスを剝き出しにする。

亀頭は破裂しそうなほどふくらみ、竿《さお》も驚くほど極太だ。先端からは大量の我慢汁が溢《あふ》れて、砲身全体を濡らしていた。

「こいつがほしいんだろう。慌てるなって」

ペニスの切っ先を咲恵の陰唇にあてがうと、さっそく挿入を開始する。亀頭が二枚に陰唇を巻きこみながら、半分ほど埋没した。

「ああっ、ま、待ってください。やっぱりここでは……」

咲恵がためらいの声を漏らす。

今さらながら部室での性交に抵抗があるらしい。それでも、決して体勢を崩そうとしない。すでに亀頭が半分埋《うず》まっているというのに、逃げることなく尻を突き出したままだった。

「こんなに濡らしてるくせに素直じゃねえな。ふんんッ」

男は低い呻《うめ》き声をまき散らしながら、そそり勃《た》ったペニスを一気に根もとまでたたきこんだ。

「はあああッ！」

咲恵の感極まったような声が、夕日に照らされた部室に響きわたる。

立ちバックで挿入されて、背中が大きく反り返り、うしろに突き出したヒップがプルプルと小刻みに震えた。

「すごく締まってるぞ」

「あッ……あッ……」

男が腰を振ると、咲恵の喘ぎ声が大きくなる。

蕩《とろ》けた顔で振り返り、男と濃厚な口づけを交わす。舌を深くねちっこくからめて、上と下の口で同時につながった。

「ああッ、も、もう……あああッ」

「くううッ、いいぞっ」

咲恵が喘げば、男も呻き声をあげる。腰の動きがどんどん速くなり、ふたりは快楽に流されていく。

（そ、そんな……）

健太郎は身動きひとつできずにいた。

告白もしていないのにフラれた気分だ。しかも、咲恵がバージンではなかったことに激しいショックを受ける。まだ童貞だということが、ひどく恥ずかしく思えた。そもそも自分とは釣合が取れなかったのだ。

これほど惨《みじ》めなことがあるだろうか。ふたりの濃厚な交わりを、息を殺して呆然と見つめることしかできなかった。

「もっと気持ちよくしてやるよ」

男は立ちバックでさんざん腰を振ったあと、咲恵とつながったままで近くのベンチに腰かけた。

女性を自分の股間に乗せあげる背面座位だ。

「はああッ、ダ、ダメですっ」

咲恵の悲鳴とも喘ぎ声ともつかない声が響きわたる。

脚を大きく開いて、男の膝をまたいでいる。テニスシューズのつま先がかろうじて床に届いているが、あの状態では力が入らないはずだ。つまり自分の体重が股間にかかっているのだ。

「こうすると奥まで届くだろ」

「は、はいっ、あああッ、お、奥まで届いてますっ」

咲恵の唇から困惑の声が溢れる。

背面座位に移行したことで、ペニスが深い場所まで入ったらしい。腰を浮かそうとしても、大股《おおまた》開きのつま先立ちという不安定な格好では、自分の体重を支えることができないのだ。

（あんなでかいものが、咲恵さんのなかに……）

健太郎は思わず両目をカッと見開いた。

ふたりはドアのほうを向いて座っているため、健太郎の位置からすべてがまる見えだ。

咲恵の白い恥丘には、楕円形に整えられた漆黒の陰毛が生えている。その下にぐっしょり濡れたサーモンピンクの陰唇が見えており、黒光りするペニスが深々と突き刺さっていた。

大量の華蜜でふたりの結合部分はドロドロだ。男が股間を上下に揺すると、ペニスがゆったりと出入りをはじめた。

「ほら、奥のほうで動いてるのがわかるだろう」

「わ、わかりますっ……あああッ」

咲恵の喘ぎ声が部室の淀《よど》んだ空気を震わせる。

やはり、いやがっている感じはしない。咲恵の声には常に甘ったるい響きがまざっている。思いきって告白しようとした女性が、ほかの男のペニスで貫かれて感じているのだ。

「先輩、すごいですっ」

「咲恵ちゃんのなかも気持ちいいぞ」

男は耳もとでささやき、股間を突きあげながら両手で乳房を揉みしだく。乳首を指先で摘まめば、咲恵の反応が大きくなった。

「あああッ、そ、そこはダメです」

「どうしてダメなんだ」

男は決して愛撫の手を緩めない。執拗に乳首を転がして、咲恵の喘ぐ様を楽しんでいる。

「乳首がコリコリになってるぞ。気持ちいいんだろ」

「そ、そこは敏感なんです……はあああッ」

咲恵の喘ぎ声がますます大きくなる。

感じているのは間違いない。咲恵は男の動きに合わせて、腰をクネクネとくねらせている。ペニスを出し入れされるたびに湿った音が響いており、股間の濡れかたが激しくなっているのは間違いない。

「ああッ、も、もうっ、あああッ」

「俺のチ×ポは最高だろう」

「は、はい、こんなのはじめてです……あああッ」

咲恵の顔が快楽に歪んでいく。

男にうながされて振り返り、熱い口づけを交わす。舌を伸ばしてからめ合い、互いの唾液を味わう。そうやっているうちに気分が高まったのか、腰の動きが激しさを増す。

「あああッ、す、すごいですっ」

咲恵の喘ぎ声が切羽つまる。このままだと昇りつめるのは時間の問題だ。

「イキそうなんだな。イッてもいいぞ」

「あああッ、も、もうダメですっ」

「お、俺も、出すぞっ」

男も限界が近づいているらしい。呼吸を荒らげながら、股間《こかん》を思いきり突きあげる。ペニスが根もとまでずっぽり埋まると、女体が大きく仰《の》け反った。

「はあああッ、い、いいっ、あああああああああッ！」

咲恵のよがり泣きが、夕日に染まった部室に響きわたる。

昇りつめたのは間違いない。その直後に男も雄叫《おたけ》びをあげて、体をガクガクと震わせた。

「ぬおおおおッ、いいぞっ、くおおおおおおおッ！」

ペニスを膣に深く埋めこんだままで射精したのだ。

咲恵が顔に歪めて快楽に酔いしれいている。膣口がキュウッと締まり、太幹を締めつけているのが遠目にもわかった。

（あいつ、咲恵さんのなかに……クソッ）

健太郎は胸のうちで吐き捨てた。

あの男はどう見ても遊び人だ。咲恵と本気で交際するとは思えない。軽薄な感じが、どうにも不快だ。

（どうして、あんなやつに……）

悔しさに歯噛みしながらも、なぜかペニスが硬く勃起していた。

咲恵の喘ぐ姿を目の当たりにして、どうしようもないほど興奮している。嫉妬《しっと》に駆られているのに、かつてないほど昂《たかぶ》っていた。

（くッ……）

チノパンの上からペニスをつかむと、いきなり絶頂の波が押し寄せる。

どうしても抑えることができず、ボクサーブリーフのなかにドクドクと放出した。身も心も引き裂くほどの屈辱と、脳髄まで灼《や》きつくすような快感が、同時に全身を駆けめぐった。

第一章　秋田美人のお湿り

1

はっとして目を開けるとベッドの上だった。

（夢か……）

健太郎は心のなかでつぶやくと、大きく息を吐き出した。

どうして、あんなに昔の夢を見たのだろうか。部室に響きわたった咲恵の喘ぎ声は、今でもはっきり覚えている。他人のセックスをナマで見たのは、あのときが最初で最後だ。

咲恵が背面座位でエクスタシーに達する姿を見て、健太郎もボクサーブリーフのなかで暴発してしまった。慌てて部室棟から抜け出すと、アパートの自室に逃げ帰った。

忘れたくても忘れられない。

燃えるような夕日が射しこむなか、ふたりが熱い口づけを交わしていたのを昨日のことのように覚えている。ペニスを蜜壺《みつつぼ》に深く受け入れたまま、男の舌を吸う咲恵の姿は悲しいほどに淫らで美しかった。

あとになって、咲恵がテニス部のＯＢとつき合っているという噂《うわさ》を聞いた。

だが、もはや相手が誰だろうと関係なかった。衝撃的な現場を目撃したのがすべてだ。告白すらできずに健太郎の恋は呆気《あっけ》なく終わった。遠い昔、苦い青春の思い出だ。

あれから二十年が経《た》ち、健太郎は三十九歳になっていた。

思い返せば、いろいろなことがあった。

大学は留年しかけたが、単位をギリギリで取ってなんとか卒業した。中堅商社に就職して、社内恋愛で結婚した。子宝には恵まれなかったが、妻とふたりで平凡ながらも幸せな家庭を築いた。

ところが三年前、妻に癌《がん》が見つかり、翌月にあっさり逝《い》ってしまった。

波風のない穏やかな暮らしがずっとつづくと思っていた。晩酌をしながら妻ととりとめのない話をする時間が幸せだった。特別は求めていなかった。ゆったり流れる時間に身をまかせていた。

それなのに、運命とはどうしてこんなにも残酷なのだろうか。妻の死ですべてが崩れた。あっという間で心の準備ができなかった。以来、胸にぽっかり穴が空いたような状態がつづいている。

集中力を欠いており、仕事でミスが増えた。妻がいるときは華やかだったプライベードは、灰色の靄《もや》に覆われている。ストレスのせいか、一年以上も前から愚息もすっかり元気をなくしたままだ。

今朝もあれほど淫らな夢を見たのにピクリともしない。もう若いころのような雄々しい姿は拝めないのだろうか。

淡々と仕事をこなして帰路に就いた。

満員電車で揉みくちゃになり、なおさら疲労が蓄積する。鉛のように重い足を引きずりながらトボトボ歩く。途中、コンビニに寄って、シャケ弁当と缶ビールを購入した。

マンションに戻り、いつものように集合ポストを確認する。

クレジットカードの利用明細とダイレクトメールにまじって、白い封筒が届いていた。

宛名は手書きだ。なんとなく気になり、裏返して差出人を見た瞬間、思わず自分の目を疑った。

（なっ……ど、どうして……）

心が激しく揺さぶられた。

何度も確認したが、間違いない。そこには几帳面そうな文字で「村上咲恵」と書いてあった。

今朝、咲恵の夢を見たばかりだ。

こんな偶然があるだろうか。咲恵のことは忘れていないが、あんな夢を年中見ているわけではない。あの夢は、なにかを暗示していたのではないか。そう思えるほどのタイミングだ。

部室での情事を目撃したことで、健太郎のほうから距離を置いた。しかし、もともと咲恵とは顔見知りだった。

今でも年に一度、年賀状だけのやり取りはつづいている。とはいっても、それ以外の連絡はいっさいない。咲恵が大学を卒業してから、顔を合わせる機会は一度もなかった。

（咲恵さんから手紙なんて……）

いったい、なにがあったというのだろうか。

急いで自室に戻るとソファに座り、まずは缶ビールをひと口飲んだ。だが、それくらいで心が鎮まるはずもない。逸《はや》る気持ちを抑えて封を切ると、一枚の便箋《びんせん》を取り出した。

――拝啓　ご無沙汰しておりますが、お元気でしょうか。

出だしの美しい文字を目にしただけで、熱い想いがこみあげる。

一瞬で心は二十年前に戻っていた。年賀状の定型文ではない、彼女の言葉が綴《つづ》られているのだ。胸の奥に押しやって忘れたフリをしていた気持ちが、瞬く間に目を覚ました。

あんな場面を目撃したのに、自分はいまだに咲恵のことが忘れられないのだと実感した。

――久しぶりにお会いしたいです。よかったら、遊びに来ませんか。

咲恵は秋田県の男鹿《おが》半島に住んでいるという。

差出人の苗字《みょうじ》は昔と変わっていない。咲恵はみっつ年上なので四十二歳になっているはずだが、まだ独身なのだろうか。

（それなら……）

長い間、蓋《ふた》をしていた想いが再燃する。

当時のままのはずはないが、咲恵のことなので美しく年齢を重ねているのではないか。ぜひ会って昔話に花を咲かせたかった。

2

咲恵との出会いは、大学に入ってすぐのときだった。

当時、健太郎は大学のすぐ裏にある築四十年の木造アパートに住んでいた。通学するには正門ではなく、裏門を使ったほうが近くて早かった。

裏門は体育館とテニスコートの横を抜けた先にあるため、通学のときに自然とテニス部の練習が目に入った。

健太郎は運動音痴でとくに球技が苦手だ。野球やサッカーで盛りあがっているときも、テレビを見ることはない。テニスなどもってのほかで、まったく興味はなかった。

ところが、テニスコートの横を毎日歩いているうちに、ひとりだけ天使のように可憐《かれん》な女性がいることに気がついた。

その女性こそ、当時四年生の村上咲恵だった。

風になびくセミロングの艶やかな黒髪と、彫刻のように整った顔に引き寄せられた。躍動する肢体、飛び散る汗、弾《はじ》ける笑顔、どれひとつ取っても美しい。非の打ちどころのない完璧《かんぺき》な女性だ。

それからテニスコートの横を通るたび、無意識のうちに咲恵の姿を探すようになった。

毎日、見ていると、いろいろなことがわかる。

白いテニスウェアに包まれた乳房のふくらみは、部員たちのなかでいちばん大きい。懸命にボールを追うときは、柔らかそうにタプタプと波打つ。息があがって呼吸が激しくなると、それだけで乳房が大きく揺れた。

スコートから剝き出しの太腿《ふともも》は、健康的でむっちりしている。それでいながら足首は細く締まり、尻はプリッと上向きだ。そのため脚が日本人離れして長く見えた。

抜群のプロポーションを誇っているが、爽《さわ》やかな笑みを絶やすことはない。いつでも部員たちと楽しそうに言葉を交わしている。そんな気さくなところも魅力的に映った。

（なんとかして、お近づきになれないかな……）

いつしか、そう考えるようになっていた。

だが、テニス部に知り合いはいない。紹介してもらう伝手《つて》はなく、通りすがりに練習風景をチラ見することしかできなかった。

そんな日々を送るうち、テニス部の練習を見ているのは、自分だけではないと気がついた。

テニスコートの周囲をやけにゆっくりランニングする者、あたりをぶらぶら散歩している者、近くの木にもたれてスマートフォンをいじっている者など、いつも同じ顔ぶれだ。彼らはテニス部の練習をさりげなく眺めていた。

目当てはみんな咲恵だ。視線の先をたどれば、すぐにわかった。

なかでもねちっこい目で見ている男がいて、なにやら危険な感じがすると思っていた。小太りの男で、いつもスマホをいじっている。一見おとなしそうな顔をしているが、その男がときおり咲恵の写真を撮っていることに、健太郎は気づいていた。

ある日、その男が部室棟に入っていくのを偶然目撃した。

毎日見かけるのだから、運動部に所属していないのは明らかだ。もしかしたら、テニス部の部室に侵入するつもりではないか。

(絶対に怪しい……)

咲恵が被害に遭うかもしれないと思うと、見すごせなかった。

健太郎は正義感に駆られて、出てきた男に声をかけた。すると、いきなり走って逃げようとするので、とっさに取り押さえた。

やがて騒ぎを聞きつけた運動部員たちが集まり、男を取り囲んだ。逃げられないと観念したらしく、男はテニス部の部室に侵入して、咲恵のスコートを盗んだことを白状した。

勇気を出して男を取り押さえた結果だ。

健太郎はテニス部から感謝されて、咲恵とも知り合いになった。ほかの部員もいたが、何度かテニス部の飲み会に誘われて参加した。憧れの咲恵にお酌してもらったときは、天にも昇る心地だった。

しかし、咲恵を個人的に誘うことはできずにいた。

できればつき合いたかったが、告白して断られたときのことを考えると、どうしても行動に移せなかった。

今のままなら、ずっと近くにいられる。そんな消極的なことを咲恵が卒業する間近まで考えていた。

ようやく告白する気になったときは、すでに手遅れだった。咲恵はほかの男に奪われて、衝撃的な光景を目撃することになったのだ。

3

健太郎は羽田《はねだ》空港から飛行機に乗り、秋田空港へ向かっている。

有給休暇を取って、土日の休日と合わせて五連休にした。

上司にはいやな顔をされたが、夏休みを取らずに通常どおり出勤したのだ。それに近年は有給休暇をすべて消化することになっている。結局、いつ休んでもいやみを言われるので、気にしないことにした。

目的地は秋田県の男鹿半島だ。大学時代に憧れていた先輩の咲恵から、遊びに来ないかと手紙が届いたのだ。

今、咲恵がどんな生活を送っているのか、手紙には書かれていなかった。

突然のお誘いだ。しかも、二十年も会っていないのだから、なにか事情があるのかもしれない。

(咲恵さんに会えるなら、なにがあっても構わない)

健太郎は手紙を読んで即決した。

三年前に妻を亡くして、いまだに立ち直れていない。胸にぽっかり穴が空いたままで、抜け殻のような生活を送っていた。物事に感動しなくなっていた自分の心が、手紙をもらったことで久しぶりに動いたのだ。

とにかく咲恵に会いたかった。

気持ちが固まると、すぐに旅のプランが浮かんだ。秋田空港からレンタカーを運転して、途中で三泊ほどしながら男鹿半島を目指すことにした。

これほど気持ちが高揚するのは、いつ以来だろうか。

あえて宿は予約せず、行き当たりばったりの旅を楽しみたいと思っている。少し無謀な気もするが、この際なので若いころにできなかったことに挑戦するつもりだ。

午前中のうちに、秋田空港に到着した。

さっそく事前に調べておいたレンタカーショップに向かう。

車がなければ話にならないので、宿は取らなくてもレンタカーだけは予約しておいた。

空港の前を通っている県道には、レンタカーショップが何軒か並んでいる。そのなかに予約した「なまはげレンタカー」の看板を見つけて、店内に足を踏み入れた。

「いらっしゃいませ」

カウンターごしに、若い女性の店員が迎えてくれる。濃紺のスーツに身を包んでおり、柔らかい笑みを浮かべていた。

「予約をした大橋です」

「大橋さまですね。少々お待ちください」

女性はパソコンのモニターに視線を向ける。

年のころは二十代なかばといったところか。色白で愛らしい顔立ちをしているが、角度によってはドキリとするほど大人っぽい表情になる。

(秋田美人じゃないか)

健太郎は思わず心のなかでつぶやいた。

初日からツイている。旅の解放感というやつだろうか。これほど楽しい気持ちは久しぶりだ。

「ご予約の確認が取れました。ありがとうございます。わたくし武田《たけだ》が担当させていただきます」

彼女は丁寧に頭をさげると名刺を差し出した。

武田桃香《ももか》、それが彼女の名前だ。純朴そうで人当たりがよくて、そのうえ笑顔が眩《まぶ》しい。レンタカーを借りるだけの短いやり取りだが、やはり美人が相手だとうれしいものだ。

「ご丁寧にありがとうございます」

健太郎は名刺を両手で受け取って頭をさげた。

「どういたしまして」

桃香は柔らかい笑みを浮かべる。

営業スマイルだとわかっているが、それでも心が浮き立つのを感じた。そのあと免許証のコピーを取り、書類に必要事項を書きこんだ。

(それにしても……)

健太郎は平静を装いながらも、桃香の胸もとが気になっていた。

乳房が大きすぎるせいでブラウスがパンパンに張りつめて、今にもボタンが弾け飛びそうになっている。ジャケットも内側から押しあげられており、襟もとが左右にグッと開いていた。

(これはすごいな)

ついつい視線が吸い寄せられてしまう。

白いブラウスには、ブラジャーのレース模様まで浮かびあがっている。見てはいけないと思うが、正面にあるため視線をそらすのはむずかしかった。

4

「当店では旅のプランもご案内しております。ご予定はお決まりですか」

桃香が微笑を浮かべて話しかけてくる。

健太郎は慌てて桃香の胸もとから視線をそらすと、気まずさを咳払《せきばら》いでごまかした。

「今回、予定はとくに立てていないんですよ」

「まったく立てていないんですか」

桃香が意外そうな顔をして聞き直す。

それもそのはず、レンタカーは五日も借りることになっているのだ。その間の予定がなにもないと聞けば、驚くのは当然のことだろう。

「男鹿半島に住んでいる知り合いを訪ねることだけは決まってるんです。それ以外はあえて決めずに、気ままな旅をしようと思っています」

せっかく休みを取ったのだから、ふだんとは違うことをしたい。仕事から離れている間は、予定に縛られたくなかった。

「素敵ですね。気ままな旅、うらやましいです」

桃香が瞳をキラキラ輝かせる。

若い女性とこんな会話をするのは何年ぶりだろうか。お世辞ではなく本心なのが伝わり、なにやら照れくさくなった。会社では女性社員と事務的な言葉しか交わさない。だから、なおさら桃香の人なつっこさが愛《いと》おしく感じた。

「いやいや、おじさんの淋《さび》しいひとり旅だよ」

謙遜《けんそん》してつぶやくが、本当は内心浮かれている。思いきって、退屈な日常から脱出した気分だ。

「キミみたいに若い子は、旅行以外にも楽しみがたくさんあるだろう」

「若くないです。もう二十四ですから」

桃香がそう言って、唇を少しとがらせた。

二十四歳は充分若いと思うが、彼女にとっては違うらしい。そうなると、目の前にいる三十九歳の男はどう映るのだろうか。だが、若い人にうらやましがられるのは、悪い気がしなかった。

「今日はこれからどうなさるのですか」

「車の運転をするのは久しぶりだから、まずは勘を取り戻さないとね。近場の温泉でも探して、ゆっくりするつもりだよ」

飛行機のなかでぼんやり考えたことを口にする。

自家用車は所有していない。以前は営業車をよく運転していたが、最近は電車を使うほうが多い。

「それなら、オススメの観光プランがありますよ」

桃香が前のめりになって説明をはじめる。

この店では、レンタカー代と宿代がセットになったお得な観光プランがあるという。

「なるほど。でも、今回は行き当たりばったりの旅だから——」

健太郎は断ろうとするが、すかさず桃香が言葉をかぶせた。

「じつは、地元のごく一部の人しか知らない秘湯があるんです」

なにやら声を潜めて提案する。いったい、どんな秘湯なのか興味が湧《わ》いた。

「特別な効能でもあるんですか」

「じつは……若返りの秘湯と呼ばれています」

「若返りの秘湯……」

思わず復唱して、少し拍子抜けする。

いかにもありそうなキャッチコピーだ。「美人の湯」とか「美肌の湯」とかの類《たぐい》ではないか。温泉に入って美人になるのなら、日本国民は美人だらけということになる。

（でも、実際は……いやいや、つまらないことを考えるのはやめよう）

健太郎は慌てて脳裏に浮かんだ屁理屈《へりくつ》を打ち消した。

せっかく旅に出たのだ。頭から否定せずに、行く先々で流れに身をまかせてみるのもおもしろいかもしれない。

「効果は間違いありません」

桃香は真剣な表情になっている。そこまで言うのなら、試しに入ってみるのもありだと思う。

「それじゃあ、そのプランでお願いするよ」

「ありがとうございます。では、わたしがご案内させていただきます」

桃香はカウンターから出てくると、ブラウスの胸もとをタプンッと弾ませて微笑《ほほえ》んだ。

5

「ご案内って、どういうことかな」

健太郎は思わず首をかしげた。

「レンタカー代と宿代がセットになった当社のオリジナル観光プランです。担当の社員がお宿までご案内いたします」

桃香はなにやら楽しげだが、まったくわからない。ご案内とは、いったいどういう意味だろうか。

「キミがいっしょにレンタカーに乗るってことではないよね」

まさかと思いながら尋ねると、桃香は微笑を浮かべてうなずいた。

「はい、そのとおりです」

「そのとおりって……」

「若返りの秘湯はとても険しい山道の先にあります。車の運転が久しぶりとのことなので、わたしが助手席に乗ってご案内させていただきます。不安でしたら、わたしが運転してもいいですよ。追加料金はかかりません」

「いやいや、そんなことまでしていただかなくても大丈夫だよ」

健太郎は慌てて断るが、桃香は車のキーを手にして歩き出した。

「わかりました。では、さっそく参りましょう」

「ちょ、ちょっと……」

わけがわからないまま追いかける。桃香は外に出ると、すたすたと歩いて駐車場に向かった。

「なまはげレンタカーは安全第一がモットーです。お客さまに、安心安全で楽しいご旅行を提案しております。わたくし武田がしっかりナビゲーションさせていただきますので、よろしくお願いいたします」

桃香はすっかり行く気になっている。

健太郎は案内そのものを断ったつもりだ。ところが、桃香は運転だけを断ったと受け取ったらしい。レンタカーの助手席に乗って、いっしょに宿まで行くことになっていた。

「そこまでしていただかなくても……」

そのとき、前を歩く桃香の尻が目に入った。

タイトスカートに尻たぶのまるみがはっきり浮かんでいる。張りがあってプリッとしており、歩を進めるたびに左右に揺れる。尻の曲線の頂点が高い位置にあるため、足が長く見えてスタイル抜群だ。二十四歳の瑞々《みずみず》しいヒップに、思わず見惚《みと》れてしまう。

(これは、なかなか……)

どうせならナマで拝みたい。

秋田美人の尻を想像して思わず黙りこむ。さすがにナマで見ることはできないが、助手席に乗せて宿までドライブするのは楽しそうだ。

「もちろん、ご案内料金はいただいておりません。レンタカーと宿の料金だけです。さあ、参りましょう」

桃香は駐車場に到着すると、白いセダンの横に立った。

「お車はこちらになります。どうぞ」

運転席のドアを開けてくれたので、流れのまま乗りこんだ。

桃香は小走りに移動して当然のように助手席に座ると、なれた感じでシートベルトを締めた。

(本当に乗るんだな)

なんだかおかしなことになってしまったが、秋田美人とドライブできると思うことにする。こんな旅も悪くないだろう。

「では、動きます」

久しぶりの運転なので緊張する。慎重にアクセルを踏んで走りはじめた。

「若返りの秘湯は、カーナビにも入っていません。知る人ぞ知る温泉なんです」

桃香が道順を教えてくれる。

カーナビゲーションに登録されていないのなら、案内役は必要かもしれない。とにかく桃香の指示に従って、車をゆっくり走らせる。

(なんだか、楽しくなってきたな)

横目でチラリと見やれば、車の動きに合わせて桃香の乳房が揺れていた。

若い女性を隣に乗せているだけで、気分が若返る気がする。これこそが若返りの秘湯と呼ばれる所以《ゆえん》ではないか。

もはや温泉よりも桃香が気になっている。ハンドルを握りながら、再び助手席を横目で見やった。すると、シートに腰かけたことでタイトスカートがずりあがり、太腿が大胆に露出していた。

(おおっ……)

思わず凝視して、腹のなかで唸《うな》った。

「信号、赤ですよ」

桃香の声ではっとする。慌ててブレーキを踏んで、交差点の手前ギリギリで停車した。

(あ、危なかった……)

心臓がバクバクと音を立てている。太腿に気を取られて、信号を見落としてしまった。

桃香が隣に乗っていることで、かえって危険が増しているのではないか。それでも、自然と笑みが漏れるほど楽しかった。

6

街を抜けて山道に差しかかっている。

片側が断崖絶壁で、しかもガードレールのない道を登っていく。道幅も狭いため、対向車が来たらすれ違うのが大変だ。本当にこんな危険な道の先に宿があるのだろうか。

助手席の桃香に確認したいが、話しかける余裕などない。運転するので精いっぱいだ。

「あそこです」

ふいに桃香がつぶやいた。

前方に木造平屋の建物が見える。かなり年季が入っているが、仕方ない。この危険極まりない山道の先に、まともな温泉宿があるとは露ほども期待していなかった。泊まれるのなら、それでよかった。

宿の前に車を停《と》める。

正面玄関の上には「絶壁の湯」と書かれた看板がかかっていた。文字は風雨にさらされたせいか消えかかっている。営業しているのかどうかも疑わしい。なにやら、おどろおどろしい雰囲気が漂っていた。

「本当にここで合ってるのかい。どこにも若返りの湯って書いてないけど」

苦労してたどり着いたのに、喜びはまったくない。それどころか、騙《だま》された気分になっていた。

「特別な効能があることは地元の人たちだけの秘密ですから。でも、ここの源泉が間違いなく若返りの秘湯です」

桃香がまじめな顔で語るので、健太郎はなにも言い返せなかった。

とにかく、車を降りて宿に足を踏み入れる。すると、建物のなかは意外にもきれいで、ごく普通の温泉宿といった風情だ。

「そういえば、桃香さんはどうやって帰るんだい」

フロントで宿帳に記入して振り返る。

素朴な疑問だ。レンタカーは健太郎が借りたのだから、彼女は自力で帰らなければならない。路線バスか宿の送迎バスでもあるのだろうか。

「わたしも泊まります」

桃香が澄ました顔で答える。

観光プランの案内役は、客と同じ宿に泊まるシステムだという。まさかの展開に健太郎は驚きを隠せなかった。

「ここに泊まるんですか」

「はい、そういうことになっています」

桃香にとっては当たり前のことらしい。

宿と提携しているので、無料で泊まれるのだろうか。あまりつっこんで尋ねるのも失礼かと思って遠慮した。

ふと高校時代の修学旅行を思い出す。バスガイドさんも同じ宿に泊まっていたはずだが、決して顔を合わせることはなかった。きっと同じような感じになるのだろうと想像した。

「それじゃあ、これで。どうもありがとうございました」

フロントで桃香と別れて客室に向かう。

ごく普通の和室だ。窓からは山々が見える。とくに景観がよいわけではないが、不満はなかった。

晩ご飯の前にひとつ風呂《ぷろ》浴びることにする。部屋に荷物を置くと、すぐ大浴場に向かった。脱衣所で服を脱いで引き戸を開ける。とたんに檜《ひのき》の香りが鼻に流れこんだ。

（悪くないな……）

少々狭いが、しっかりとした檜風呂だ。

ほかに客はおらず、貸切状態なのもうれしい。かけ湯をすると、さっそく湯船に浸《つ》かった。

少し熱めの湯が心地よくて、思わずため息が漏れる。久しぶりの運転で肩が凝ったので、なおさら気持ちよく感じる。浴槽の縁に後頭部を乗せて、静かに目を閉じた。

「失礼します」

ふいに女性の声が聞こえてドキリとする。

目を開けると、裸体に白いバスタオルを巻いた桃香が立っていた。髪をアップにまとめて、後頭部で縛っている。

バスタオルの縁が乳房にめりこんで、プニュッとひしゃげていた。下はミニスカートのようになって、太腿がつけ根近くまで露出している。股間がギリギリ隠れている状態だ。

「お、女湯だったのか……」

確認したつもりだが、間違えたらしい。慌てて出ようとすると、桃香がにっこり微笑んだ。

「ここは男湯ですよ。今日はほかに宿泊客がいないので、いっしょに入ってもいいそうです」

「い、いや、でも……」

家族でもないのに、なにを考えているのだろうか。

ところが桃香はかけ湯をするため、浴槽の前にしゃがむと、バスタオルをはらりと取り去った。

7

「あンンっ……」

桃香が甘い声を漏らしながら、健太郎の首すじに何度もキスをする。湯のなかでは胸板に手を這わせて、やさしく撫《な》でまわす。ゆったりと円を描きながら、直径を徐々に狭めていく。

「な、なにを……ううっ」

指先が乳首に触れる。その瞬間、健太郎は思わず呻き声を漏らして、全身を硬直させた。

「ふふっ、乳首が硬くなってきましたよ」

桃香は楽しげにつぶやくと、ねちっこい手つきで乳首を転がしはじめる。人さし指と親指で摘まんで、クニクニと刺激した。

「ど、どうして、そんなこと……」

「乳首が感じるのは女だけじゃないんですよ。男の人だって、ほら、こうすると気持ちいいでしょう」

桃香は健太郎の反応を楽しみながら、乳首を摘まんではやさしく転がす。そして、再び身体を寄せると首すじに唇を押し当てて、チュッ、チュッと何度もキスをした。

お椀《わん》を双つ伏せたような乳房が腕に押し当てられている。

プニュッと柔らかくひしゃげており、触れているだけで気分が高まった。先端で揺れている乳首は、肌色に近い薄ピンクだ。愛撫したわけでもないのに、最初からぷっくりと隆起していた。

視線をさげれば、桃香の股間が目に入った。

湯のなかで、うっすらとした陰毛が揺れている。毛量が少ないため、恥丘の白い地肌が透けていた。

(こ、これは……)

いけないと思いつつ凝視してしまう。

桃香の考えていることがまったくわからない。いきなり男湯に入ってきたかと思うと、かけ湯をして浴槽に入り、身体をぴったり寄せたのだ。

(もしかしたら、ひと目惚れ……いや、まさか)

あり得《え》ないことを考えて、思わず苦笑が漏れる。

桃香からすれば、自分などおじさんだ。ひと目惚れするはずがない。だが、少なくとも嫌われてはいないようだ。だからといって、好かれる理由もわからなかった。

「硬くなった乳首、見せてください」

桃香はそう言うと、健太郎の手を取って立ちあがらせる。そして、浴槽の縁に座るように導いた。

桃香も隣に座り、若い裸体が露《あらわ》になる。湯で濡れ光る乳房と、陰毛が貼りついた恥丘が色っぽくてドキドキした。

「乳首は硬いのに、こっちは元気がないんですね」

桃香は健太郎の股間を見つめている。

自分の萎《な》えたペニスが剝き出しになっていることに気づいて、猛烈な羞恥がこみあげた。

「ここのところ、ちょっとね……ストレスが原因かもしれない」

仕方なく打ち明ける。見られてしまった以上、ごまかしようがない。

「大丈夫です、ここは若返りの秘湯ですから」

桃香はそう言うと、健太郎の胸板に顔を寄せる。そして、いきなり乳首に吸いついた。

「ううっ……な、なにをしてるんだ」

「こういうの、お嫌いですか」

上目遣いに尋ねる桃香と視線が重なる。胸の鼓動が速くなり、乳首の感度があがった気がした。

「き、嫌いではないが……どうして」

「いっぱい気持ちよくなってほしいんです」

桃香は舌を乳首にねちっこく這いまわらせる。

唾液をたっぷり塗りつけては、やさしく転がす。さらには、まるで赤子のようにチュウチュウと吸いあげた。

「あふンンっ」

「ど、どうなってるんだ……」

これまでにない感覚が突き抜ける。

なぜか感度がアップしており、舌の動きに合わせて体が震えてしまう。乳首がこれほど感じるとは知らなかった。

「気持ちいいですか」

「くうゥ……き、気持ちいいっ」

健太郎は思わず呻き声を漏らすと、上半身を仰け反らせた。

8

桃香に乳首を延々としゃぶられて、全身に快感がひろがっている。やさしく舌を這わせていたかと思えば、強烈に吸いあげる。そんなことをくり返されて、乳首はますます硬くなっていた。

「カチカチですよ。女の子みたいに乳首が感じるんですね」

桃香は愛らしい顔に小悪魔的な笑みを浮かべる。

そして、再び乳首を口に含んでしゃぶると、甘美な刺激を送りこむ。かと思えば、不意を突くように前歯を立てて甘噛みした。

「くうゥ……そ、そんなことをしたら……」

健太郎はたまらず快楽の呻き声を漏らす。

その声がきっかけとなり、桃香の愛撫が加速する。乳首を執拗にしゃぶりながら、健太郎の股間に手を伸ばした。

「ううッ……」

ペニスを握られて、体がビクッと反応する。

しかし、愚息は萎えたままだ。若い女性のほっそりした指が竿に巻きついているのに、頭を垂れたまま反応しない。

思っていた以上に深刻な状況だ。

これでも駄目なら望みは薄い。乳首を愛撫されるのは最高に気持ちいいが、残念ながらペニスはウンともスンとも言わなかった。もう二度と元気な姿は拝めないのだろうか。

「すまない……」

情けない気持ちになって謝罪する。

愛撫してもらったのに勃たないのは女性に失礼だ。ところが、桃香はにっこり微笑んだ。

「謝らないでください。わたしが好きでやっていることですから」

「いや、でも……」

「わたし、父を早くに亡くしてるんです。そのせいで、年上の男性に惹《ひ》かれるんです」

桃香の言葉で少しわかった気がする。

どうやら、ファザコンの気があるらしい。桃香自身、それを自覚しており、こうして健太郎に迫っている。つまり恋愛感情とはまったく別の感情だ。亡き父親の姿を健太郎に重ねて、甘えているのかもしれない。

(そうだったのか……)

急に桃香が憐《あわ》れに思えてくる。

ところが、深刻な雰囲気になるかと思いきや、桃香は握ったペニスをやさしくシコシコとしごきはじめた。

「わたしが元気にしてあげます」

「そんなことをしてもらっても、もう……」

自嘲《じちょう》ぎみにつぶやいた直後、股間にズクリッという感覚が走った。

(なんだ、今のは……)

恐るおそる己の股間を見おろした。

すると、桃香の手のなかで、ペニスがムクムクとふくらみはじめている。いったい、なにが起きたのだろうか。見るみる亀頭が張りつめて、竿もたくましく成長した。

「すごいです。大きくなりましたよ」

桃香がうれしそうな声をあげる。そして、指を巻きつけたペニスを、さも愛おしげに見つめた。

「おおっ、すごいっ、勃ってるぞ」

久しぶりに勃起して、感激と興奮が同時に押し寄せる。

ペニスのつっぱる感じが心地よい。忘れかけていた感覚が全身にひろがり、腹の底から力が漲《みなぎ》る気がした。

「元気になってくれたんですね。どんどん大きくなってますよ」

桃香の言葉どおり、しごかれるほどにペニスが太く硬くなってくる。どこまで大きくなるのだろうか。

「ううぅッ……ど、どうなってるんだ」

健太郎はとまどいを隠せずにつぶやいた。

桃香が魅力的なのはもちろんだが、それだけではない気がする。なにしろ、一年以上も前から勃たなくなっていたペニスが、突如として元気になったのだ。奇跡が起きたとしか思えない。

「これが若返りの秘湯の効能です」

桃香は疑問に答えるようにつぶやいた。

そして、浴槽に浸かって健太郎の前にまわりこむ。膝の間に入ると、勃起したペニスに顔を寄せた。

「ま、まさか……」

この体勢で頭に浮かぶのはひとつしかない。股間を見おろせば、桃香は妖艶《ようえん》な笑みを浮かべていた。

9

「そのまさかです。ご期待にはお応《こた》えしないといけないですね。いっぱい気持ちよくなってください」

桃香は両手を勃起したペニスの根もとに添える。

上目遣いに健太郎の目をじっと見つめると、張りつめた亀頭にチュッと口づけした。

「うッ……」

柔らかい唇が触れたことで甘い刺激がひろがる。思わず呻くと、桃香が楽しげな笑みを浮かべた。

「気持ちいいんですね。すごく硬くなってますよ」

亀頭にキスの雨が降り注ぐ。そのたびに快感が生じて、ペニスはますます硬くなってくる。

「こ、これが、俺の……」

雄々しくそそり勃った己のペニスを見つめて、信じられない気持ちが湧きあがる。それと同時に欲望もふくれあがった。

「も、桃香さん……」

「ふふっ、わかっています。もっと気持ちよくなりたいんですね」

桃香はそう言うと、健太郎の股間に潜りこむような体勢になり、ペニスの根もとに舌を這わせる。そこから裏スジをくすぐるようにしながら、じわじわと這いあがっていく。

「この縫い目みたいになっているところが、感じるんですよね」

「そこは……くううッ」

たまらず呻き声が漏れて、湯に浸かっている両脚がピンッと伸びる。ペニスから全身に快感がひろがり、亀頭の先端から我慢汁が溢れ出した。

「もう濡れてきましたよ」

桃香は若いのに、経験が豊富なのかもしれない。男の感じる部分を把握しており、今度は張り出したカリの内側に舌を這わせた。

「ここはどうですか」

「うううッ」

健太郎は呻くことしかできない。

桃香のねちねちとした舌遣いが、焦《じ》れるような快感を生み出している。敏感なカリ周辺を集中的に舐《な》められて、カウパー汁がとまらなくなっていた。

「そ、そんなにされたら……ううッ」

「我慢できなくなってきたみたいですね。じゃあ、もっと気持ちいいことをしてあげます」

桃香はそう言うと、亀頭の先端にキスをする。

カウパー汁が付着するのも構わず唇を密着させると、焦らすようにじわじわと開きはじめた。

「な、なにを……」

柔らかい唇が亀頭の表面を滑る感触がたまらない。

我慢汁がヌルヌルと塗り伸ばされて、やがて亀頭が彼女の口のなかにずっぽり収まった。

「あふンンっ」

「こ、こんな場所で……」

ここは温泉宿の男湯だ。ほかに客がいないとはいえ、若い女性にペニスをしゃぶられている。それを思うことで、さらに快感が大きくなった。

「あふっ、大きいです」

桃香がくぐもった声でつぶやく。

顔を押しつけると、肉棒を根もとまで口内に収める。唇で竿のつけ根をキュッと締めつけて、チュウチュウと音を立てながら吸いあげた。

「あふっ……むふンっ」

桃香の愛撫は加速する一方だ。

微かに鼻を鳴らして、口内で亀頭や竿に舌を這わせる。さらには頭をゆったり振って、柔らかい唇で太幹を擦《こす》りあげた。

「ううウッ、す、すごいっ」

「ンふっ……あふっ……はむンっ」

「そ、そんなに動いたら……ううッ、も、もう出そうだっ」

黙っていられずに訴える。すると桃香の首の動きが加速した。

「ンンッ……ンンッ……」

「き、気持ちいいっ、で、出るっ、出る出るっ、ぬおおおおおおッ！」

しゃぶられているペニスがビクンッと跳ねる。頭のなかがまっ白になり、桃香の口内に思いきり精液をぶちまけた。

10

「いっぱい出ましたね」

桃香は頬を赤らめてつぶやいた。

「なんか……悪かったね」

健太郎は迷ったすえ、ぽつりと返した。

ねちっこくフェラチオされて射精に導かれた。勃起するのも久しぶりだったので、絶頂の快感は凄《すさ》まじかった。

しかし、興奮が鎮まってくると罪悪感がこみあげる。せめて外で射精するべきだったと思うが、桃香はすべてを嚥下《えんか》してくれた。やさしく微笑む顔を見ていると、年がいもなく胸の奥がキュンッとなった。

温泉からあがると、晩ご飯の時間になっていた。

そのまま大広間に向かって、いっしょに食事を摂《と》った。そのあと桃香はなぜか健太郎の客室についてきた。そして今、備えつけの浴衣を着て、布団の上でしどけなく横座りをしている。

「まさかとは思うけど、この部屋に泊まるつもりじゃないよね」

念のため尋ねると、桃香は意外そうな顔をした。

「ダメですか」

「いやいや、客と同じ部屋に泊まるのは、よくないんじゃないか。布団だってひと組しか敷いてないよ」

「それなら、いっしょに寝ましょうよ」

桃香はまったく引こうとしない。それどころか、座布団の上にいる健太郎の手をつかんで、強引に布団へと移動させた。

「お、おい……」

「わたしにまかせてください。健太郎さんは寝ているだけでいいですから」

　そう言うと、健太郎の肩を押して仰向けにする。そのまま浴衣の前をはだけさせて、ボクサーブリーフの上から股間に手のひらを這わせはじめた。

「もう無理だよ。さっきのだって奇跡みたいなものなんだから」

「そんなことないと思いますよ」

　なぜか桃香は自信満々に言うと、健太郎の体から浴衣とボクサーブリーフを完全に取り去った。

　温泉でたっぷり射精したペニスは、だらりと垂れさがっている。完全に力を失っており、復活するとは思えない。

（だから無理だって言ってるのに……）

　健太郎は心のなかでつぶやいた。

　しかし、桃香は浴衣を脱ぐと、白いブラジャーとパンティも取り去り、生まれたままの姿になった。

　張りのある新鮮な乳房と、薄い陰毛がそよぐ恥丘に視線が吸い寄せられる。しかし、二十四歳の瑞々しい裸体を目にしても、哀しいかなペニスはピクリとも反応しない。

「せっかくだけど、やっぱり――」

丁重に断ろうとしたそのとき、いきなり桃香が健太郎の顔をまたいで膝立ちになった。

「おおっ……」

思わず唸り、両目をカッと見開く。

すぐそこに桃香の股間が迫っているのだ。陰唇はミルキーピンクで形崩れはほとんどない。初々しささすら感じる美しい花弁だ。ぴったり閉じているが、合わせ目から透明な汁がじんわり滲んでいる。

「これでも無理ですか」

桃香は健太郎の顔を見おろして微笑を浮かべる。

膝立ちの状態から腰を少しずつ落とすと、ついに陰唇が健太郎の口にヌチャッと触れた。

「うむッ」

「あンっ……」

とたんに桃香の唇から甘い声が漏れる。

(ま、まさか、こんなことが……)

信じられないことに桃香が顔面騎乗しているのだ。

はじめての経験だが、無意識のうちに舌を伸ばしていた。陰唇をネロリと舐めあげれば、桃香の唇から甘い声がほとばしった。

「ああンっ……い、いいっ」

「ううぅッ」

口をふさがれて息苦しい。だが、それ以上に興奮している。

流されるまま顔面騎乗になっていた。わけがわからないまま、舌を伸ばして女陰を何度も舐めあげる。

「あンっ……ああンっ」

桃香の声がどんどん甘くなってくる。

女陰を舐めるのは久しぶりだ。チーズにも似た愛蜜の香りを嗅《か》いで、頭の芯《しん》がジーンと痺《しび》れはじめた。

「も、桃香さんっ……うむッ」

女陰で口をべったりふさがれているため、くぐもった声にしかならない。それでも、とにかく無我夢中で陰唇を舐めまわした。

「ああンっ……すごく気持ちいいです」

桃香が両手で健太郎の頭を抱えている。そして指で髪をかき乱しながら、快楽に没頭していた。

割れ目から溢れる愛蜜の量が多くなる。桃香が感じている証拠だ。それならばと、さらに大胆に舐めあげる。舌先を陰唇の狭間《はざま》に挿し入れると、膣口に浅く沈みこませた。

「あァンっ、は、入ってますっ」

桃香の声がますます艶を帯びる。腰が右に左にくねりはじめて、股間をさらに強く押しつけた。

「ううぅッ……」

口だけではなく鼻まで陰唇でふさがれてしまう。息苦しさのあまり、反射的に思いきり吸いあげた。

「うむううッ！」

「あああッ、い、いいっ、はあああああッ！」

桃香の喘ぎ声が大きくなる。両手で健太郎の頭をしっかり抱いて、股間を押しつけながら全身をブルブル震わせた。

どうやら、顔面騎乗で絶頂に昇りつめたらしい。割れ目から新たな愛蜜が溢れて、健太郎の口をぐっしょり濡らした。

「おううっ……」

息苦しさと興奮の狭間でもがきながら、とにかく愛蜜を貪《むさぼ》り飲んだ。

桃香の裸体は感電したように震えつづけている。健太郎は気が遠くなるのを感じながら女陰をねぶりまわした。

11

「ああンっ……すごくお上手ですね。思わずイッちゃいました。お返しをしないといけないですね」

桃香はそう言うと、腰を浮かせて身体の向きを百八十度変える。そして、そのまま健太郎の体に覆いかぶさった。

（こ、これは……）

俗に言うシックスナインの体勢だ。

張りのある乳房が腹に密着して、柔らかさが伝わっている。桃香の顔がペニスに迫っており、熱い吐息が亀頭に吹きかかった。

「あれ、少し大きくなってますよ」

桃香がからかうようにつぶやき、細い指を竿に巻きつける。ゆるゆるしごかれると甘い快感がひろがった。

「ううッ、ま、まさか、また……」

先ほど射精したばかりなのに、ペニスに勃起の兆しを感じる。

「あっ、大きくなってきましたよ」

「そ、そんなはず……」

「もっと大きくしてあげますね」

桃香はそう言うなり、亀頭をぱっくり咥《くわ》えこむ。熱い舌がネロネロと這いまわり、回転しながらペニス全体を刺激した。

「あふっ……むふンっ」

「くおおおッ」

快感が突き抜けて、健太郎も桃香の割れ目にむしゃぶりつく。互いの性器を舐め合っていると思うと、なおさら興奮が高まった。

「あああッ、い、いいっ」

桃香がペニスを咥えたまま喘ぎ声をあげる。

「ううッ」

健太郎も陰唇を舐めながら、こらえきれない快楽の呻き声を漏らした。

ふたりはシックスナインの体勢で、互いの股間を唇と舌で愛撫している。桃香がペニスを咥えて首を振れば、健太郎は舌先でクリトリスを探り当てて舐めまわした。

「はあああッ、け、健太郎さんっ、ああああッ」

桃香が名前を呼びながら感じている。そして、お返しとばかりにペニスを深く咥えると、猛烈にジュルジュルと吸引した。

「くおおおッ、も、桃香さんっ、おおおおッ」

健太郎もたまらず股間を突きあげて反応する。

今日の愚息はやけに元気で、まるで若いころのようにガチガチだ。こんなことは久しぶりなので、なおさら興奮する。

(今度は、いつ勃起するかわからないぞ……)

そう思うと、この状況を楽しまなければという気持ちが湧きあがった。

愛蜜を吸いあげては飲みくだして、硬くなったクリトリスをしつこく舐めつづける。すると、ますます充血して、ぷっくりとふくらんだ。

「あンっ……ああンっ」

桃香も喘ぎながら、ペニスを吸ってくれる。同時に舌をヌメヌメと這いまわらせて、まるで飴玉《あめだま》のように亀頭をしゃぶる。健太郎の腰に震えが走り、我慢汁がとまらなくなった。

「あふッ、大きいっ、健太郎さんの大きいですっ」

「も、桃香さんのここは、グショグショだよ」

相互愛撫でどんどん高まってくる。

桃香の股間はこれ以上ないほど濡れて、健太郎のペニスも棍棒のように硬くなっていた。

「わ、わたし、もう我慢できません」

桃香はうわずった声でつぶやくと、シックスナインを中断して健太郎の股間にまたがった。

両膝をシーツにつけた騎乗位の体勢だ。右手を股間に伸ばしてペニスをつかむと、亀頭を陰唇に密着させる。そして、性器をなじませるように、手で前後にヌルヌルと滑らせた。

「ううウッ、も、桃香さんっ」

期待がどんどんふくれあがる。

このまま最後まで行きたい。もはや、それしか考えられない。どうなってもいいので、行きつくところまで行きたかった。

「ああンっ、硬くて熱いです」

桃香が呆《ほう》けたような声でつぶやく。まだ挿入はせずに、陰唇と亀頭をねちっこく擦りつづける。

「ああっ……こんなに大きいのが入ったら、わたし、どうなっちゃうのかな」

想像するだけで昂るらしい。亀頭がクリトリスに触れた瞬間、女体がプルプルと小刻みに痙攣《けいれん》した。

「はああああンッ！」

桃香の甘ったるい声が客室に響きわたる。乳房までタプンッと弾んで、乳首がますます硬く隆起した。

（イッたんだ……間違いない。挿《い》れる前にイッたんだ）

健太郎は思わず心のなかで唸った。

清純だと思っていた秋田美人の桃香が、亀頭をクリトリスに押し当てただけでいとも簡単に昇りつめたのだ。

もともとイキやすい体質なのか、それともよほど興奮していたのか。いずれにせよ、ここまで来たら挿入せずにはいられない。健太郎の興奮も最高潮に盛りあがっていた。

12

「挿れますね……ああンッ」

桃香は腰をゆっくり落とすと、濡れそぼった膣に亀頭を迎え入れた。

「あああッ、は、入ってくるっ、あああッ」

ペニスがはまると同時に女体がビクンッと仰け反り、色っぽい嬌声《きょうせい》が響きわたる。桃香は瞳をトロンと潤ませて、顎を勢いよく跳ねあげた。

「おおおおッ、す、すごいっ、くおおおッ」

健太郎もたまらず野太い呻き声を振りまいた。

セックスをするのは何年ぶりだろう。勃起しなくなってからは一年ちょっとだが、セックスはだいぶ前からご無沙汰だ。それでも、挿入した瞬間に膣の感触を思い出して、牡《おす》の欲望が一気に燃えあがった。

「も、桃香さんのなか、す、すごくきつくて……くううッ」

「健太郎さんのオチ×チンも、大きくて気持ちいいです……あぁあッ」

桃香も喘いで腰をしっかり落としこんだ。

ペニスは根もとまで完全にはまり、ふたりの陰毛がからみ合う。桃香は両膝をシーツについているため、結合部分だけではなく、柔らかい内腿まで密着している。自然と一体感が大きくなり、まだ挿入しただけなのに強烈な快感が全身にひろがった。

「動きますね……あッ、ああッ」

桃香が腰を前後にゆったりと振りはじめる。

まるで陰毛を擦りつけるような動きだ。ストロークは小さいが、密着感が持続しているのがたまらない。膣のなかでペニスを揉みくちゃにされて、我慢汁が大量に噴き出した。

「す、すごいっ、き、気持ちいいっ、くううッ」

健太郎は仰向《あおむ》けになっているだけだが、快感が次から次へと押し寄せる。なにしろ久しぶりのセックスだ。自分から動く余裕などまったくない。こうして快感に耐えているだけで精いっぱいだ。

「もっと気持ちよくしてあげます……ああンっ」

そう言いながら、桃香自身も感じている。蕩けた表情を浮かべて、腰をねちっこく振っているのだ。

愛蜜が大量に分泌されており、ペニス全体を濡らしている。ヌルヌルと滑るのがたまらない快感だ。

「ああンっ、もっと奥までほしいです……」

桃香は独りごとのようにつぶやくと、シーツにつけていた両膝を立てる。いわゆるM字開脚の状態になり、両手を健太郎の腹に置いた。

「すごく、いやらしい格好ですね」

健太郎が指摘すると、桃香は頬を赤く染めあげる。自ら大胆なことをしているが、決して恥じらいを忘れていない。そんな彼女の反応が好ましくて、ペニスがひとまわり大きく成長した。

「ああンっ、なかで動いてます……」

桃香がとまどいの声を漏らす。そして、遠慮がちに尻を上下に振りはじめた。

「あッ、あッ、このほうが奥まで……あああッ」

「おおッ、おおおッ、す、すごいっ」

「ああッ、と、届いてますっ」

M字開脚ではしたなく腰を振り、甲高い喘ぎ声を響かせる。とくに奥が感じるのか、亀頭が届くたびに膣の締まりが強くなった。

「くおおおッ、も、もう出そうだっ」

とてもではないが、これ以上は耐えられそうにない。セックスから長らく遠ざかっていたため、残念ながら持久力がなかった。

「あああッ、わ、わたしも、わたしもイキますっ、あああああああッ！」

「おおおおッ、で、出るっ、出る出るっ、ぬおおおおおおおッ！」

桃香が達する声を聞きながら、健太郎もザーメンを思いきり噴きあげる。凄まじい快感の嵐が吹き荒れて、最後の一滴まで熱い女壺に注ぎこんだ。

第二章　ムレムレ未亡人

1

翌朝、健太郎が目を覚ますと、桃香はすでに身なりを整えていた。

「おはようございます。よく眠れましたか。チェックアウトは十時ですよ」

あれほど乱れたのが嘘《うそ》のように微笑んでいる。

清純そうな顔をしているが、案外、行きずりのセックスを何度も楽しんでいるのではないか。それともイキまくったことで、すっきりしたのだろうか。とにかく、昨夜の余韻を楽しむような雰囲気ではない。

(今どきは、こんなものかもしれないな……)

思わず胸のうちでつぶやいて苦笑を漏らす。

スーツに身を包んだ桃香を見ていると、ヒイヒイ喘いで腰を振っていたのが夢だった気がしてくる。

しかし、我が愚息には快楽の記憶がしっかり刻みこまれていた。

久しぶりにそそり勃ち、欲望をたっぷり解き放った。おかげで身も心も元気になった気がする。

いずれにしても、桃香とは一夜だけの関係だ。旅の出会いに感謝して、健太郎も出発の準備に取りかかった。

朝食を摂り、宿を出る。まずは桃香をレンタカーショップに送り届けて、互いに笑顔で別れた。

目指すは咲恵のいる男鹿半島だ。

とはいっても急ぐ旅ではない。相棒になったレンタカーのハンドルを握り、マイペースで北上を開始する。

途中、道の駅を見つけたので立ち寄った。

おもしろいものを探しながら、気ままに旅をするのは楽しいものだ。用を足して、缶コーヒーを買って車に戻る。そして、エンジンをかけようとしたとき、駐車場の隅でうずくまっている女性が目にとまった。

（具合でも悪いのかな……）

そう思ったのだが、なにやら様子がおかしい。

身につけているのは黒紋付だ。しゃがみこんで、がっくりうなだれている。体調を崩したのか、それとも悲しみに暮れているのか。ひとりきりなので、放《ほう》っておくわけにはいかなかった。

　車を降りて彼女のもとに向かう。

　女性は黒髪をきっちり結いあげている。うつむいているため、白いうなじが剥き出しだ。

（こ、これは……）

　思わずはっと息を呑んで固まった。

　後れ毛が二、三本、うなじに垂れかかっている。黒紋付と相まって、なんとも欲情をそそる光景だ。匂い立つような色香を感じて、うなじから視線をそらせなくなる。

　邪《よこしま》な気持ちがあって声をかけようと思ったわけではない。しかし、急に股間が疼《うず》いてとまどった。

「あ、あの……どうなさいましたか」

　なんとか気持ちを落ち着かせて、遠慮がちに声をかける。すると、彼女はうつむかせていた顔をそっとあげた。

（す、すごい……）

その瞬間、あまりの衝撃に言葉を失った。

色白で見事なまでに整った瓜実顔《うりざねがお》だ。目尻が少しさがっているのが、やさしげな印象を与える。年のころは三十代後半だろうか。まさに女盛りといった雰囲気の和風美人だ。

「足をくじいてしまって……」

彼女は右の足首を手で擦《さす》り、つらそうに眉を八の字に歪めた。

その表情がやけに色っぽくて、ますます惹きつけられてしまう。思わず見惚れそうになり、慌てて視線をそらした。

「それは大変ですね。わたしの車で休みませんか」

「でも……」

彼女はためらいの声を漏らして黙りこんだ。

考えてみれば、見ず知らずの男に声をかけられたのだから、警戒するのは当然のことだ。

「い、いえ、決して怪しい者では――」

健太郎は慌てて自己紹介すると、有給休暇を取って秋田県を旅をしていることを伝えた。

「旅の方ですか……」

なぜか彼女は信用してくれたらしい。健太郎の目をまっすぐ見つめて、やさしげに微笑んだ。

2

「ご親切にありがとうございます」

助手席に座ると、女性は丁寧に礼を言った。

黒紋付の彼女は水城加代子《みずきかよこ》。夫の一周忌の帰りだという。まだ三十八歳なのに未亡人というから気の毒だ。

健太郎は三年前、三十六歳で妻を亡くしている。そのときのことを思い出して同情した。

「時間が経てば……いや、それは人によって違いますよね」

途中まで言いかけて、すぐに撤回する。

健太郎はようやくひとり暮らしに慣れてきたが、何年経っても伴侶《はんりよ》を失った悲しみから抜け出せない人もいるだろう。無責任なことを言うべきではないと反省した。

「ありがとうございます。わたしは大丈夫です」

加代子はそう言って微笑むが、無理をしているように見える。

黒紋付を着ていると、なおさら未亡人の印象が強くなってしまう。全身から悲しみがにじみ出ている気がしてならない。

「あっ……」

加代子が小さな声を漏らして、右の足首に手を伸ばす。くじいたと言っていたが、かなりひどいのだろうか。

「ドラッグストアで湿布を買ってきましょうか」

「そこまでしていただかなくても……」

「急ぐ旅ではないので、なんでも言ってください。伴侶を亡くした者どうし、こうして出会ったのも、なにかの縁ですから」

健太郎は本心からそう言った。

すると、加代子はなにかを考えこむような顔になる。しばらくすると、なぜか頬がほんのり桜色に染まってきた。いったい、どうしたのだろうか。不思議に思っていると、顔をゆっくりこちらに向けた。

「それでは、ひとつだけお願いしてもよろしいですか」

「もちろんです。俺にできることなら、なんでもやりますよ」

「あの……くじいた足を擦っていただけないでしょうか」

加代子は遠慮がちにつぶやき、助手席で草履を脱いだ。

なにをするのかと思えば、両足を持ちあげて身体ごと横を向く。そして、運転席に座っている健太郎の膝に、白い足袋に包まれた両足をそっと乗せた。

「さ、擦るのですか」

突然のことにとまどってしまう。

健太郎の膝には足袋を履いた彼女の両足が乗っている。黒紋付の裾から、細く締まった足首がチラリとのぞいていた。

「図々《ずうずう》しくて、ごめんなさい。病床の夫が、亡くなる前に言ったのです。これから先、おまえはひとりになるのだから、親切な方に出会ったら迷わず甘えなさいと……」

おそらく夫は自分の死期を悟っていたのだろう。ひとりになる妻を案じて、伝えたに違いない。

「そうですか。で、では、失礼して……」

黒紋付の裾を少しだけまくり、右の足首を露出させる。すると、くるぶしのあたりが赤くなっていた。ここが痛むに違いない。手のひらをそっと重ねると熱を持っていた。

「かなり熱くなってますね。痛みますか」

声をかけながら、表面を撫でるようにやさしく擦る。すると、加代子は首を小さく左右に振った。

「だ、大丈夫です……」

そう言いつつ、眉をつらそうに歪めている。その表情が妙に色っぽくてドキドキした。

「もっと上のほうも、お願いできますか」

加代子がささやくような声で懇願する。

足首だけではなく、ふくらはぎの筋も痛めたのかもしれない。手のひらをそっと滑らせる。無駄毛の処理が完璧にされている肌は、陶器のようになめらかでスベスベしていた。

「あンンっ……」

加代子の唇から小さな声が溢れ出す。

艶めかしい反応をされて、健太郎はとまどってしまう。駐車場に停めた車のなかで、出会ったばかりの未亡人の脚を撫でているのだ。頼まれたとはいえ、なにかいけないことをしているようで胸の鼓動が速くなった。

「こ、これくらいで、よろしいでしょうか」

そろそろやめたほうがいいと思って尋ねる。やりすぎると、おかしな気分になりそうだ。

「お願いします……もう少しだけ……」

加代子は申しわけなさそうにつぶやいた。

くじいた足が、まだ痛むらしい。せつなげな表情で懇願されると断れない。仕方なく慎重にふくらはぎを撫でつづける。いつしか喪服の裾がずりあがり、両脚が膝の下まで露出した。

喪服からのぞく白い下肢が生々しい。

否応《いやおう》なしに牡の欲望が刺激される。最初は親切のつもりで声をかけたが、邪な気持ちが湧きあがるのを抑えられない。

「ま、まだ痛みますか」

「ンンっ、ま、まだ……もっと、上のほうも」

加代子の肉厚の唇から吐息が漏れた。

睫毛《まつげ》をそっと伏せた表情が色っぽくて、まるで愛撫を施しているような気分になる。ペニスがズクリッと疼き、慌てて気持ちを引きしめた。

「こ、これ以上は……」

理性を保つのがむずかしくなっている。このままつづけたら、欲望が暴走しそうだ。

「もう、いけませんか」

加代子が微かに首をかしげる。まるで愛撫に酔ったように、うっとりした表情を浮かべていた。

「人目もあるので……ご自宅までお送りしますよ」

駐車場なので誰が通ってもおかしくない。人に見られたら、いかがわしいことをしていると勘違いされそうだ。

「ごめんなさい。ご迷惑でしたよね」

急に加代子が悲しげな顔をする。拒絶されたと勘違いしたようだ。

「決して迷惑というわけではありません」

健太郎は慌てて否定する。

迷惑どころか、本当はもっとつづけたいくらいだ。未亡人の脚をマッサージすることで興奮していた。

「俺は構いませんが……加代子さんは、一周忌の帰りなんですよね」

この状況はさすがに不謹慎だと思う。

ところが、当の加代子はまったく気にしている感じがしない。それが不思議でならなかった。

「一周忌がすぎたら、あとは自由にしていいと夫に言われていたんです」

「いや、でも……」

「ご存知ですか。女でも欲望はあるんですよ」

加代子はねっとりと潤んだ瞳で健太郎を見つめる。そして、膝に乗せあげた下肢をくねらせた。

健太郎が旅の途中だと知り、心を許した理由がようやくわかった気がする。おそらく最初から誘うつもりだったのだ。旅の男なら、後腐れがないと思ったのではないか。

「お願いです。もっと上のほうも撫でてください」

加代子は甘えるような声でおねだりする。こうなったら、遠慮をする必要はない気がした。

3

「そ、そうですよね。足をくじいたのなら、今のうちにしっかりマッサージをしておかないと……」

健太郎は自分を正当化すると、手のひらをふくらはぎから太腿へ滑らせる。なめらかな肌と柔らかい肉の感触を楽しみながら、未亡人のむっちりした太腿を撫でまわした。

「ああンっ……マッサージがお上手なんですね」

加代子が喘ぐような声でつぶやいた。

もはや足をくじいたことなど関係ない。健太郎は両手を彼女の太腿に這わせている。右脚だけではなく左脚も同時に撫でていた。

喪服の裾が乱れて、白い太腿が剝き出しだ。適度に脂の乗ったむっちりした肉づきがたまらない。肌は絹のようになめらかでありながら、しっとりと吸いつくようだ。

（なんて気持ちいいんだ……）

健太郎はいつしか鼻息を荒らげながら太腿をまさぐっていた。触れているだけで欲望がふくれあがる。もはやペニスが勃起するのを抑えられず、スラックスの前は大きなテントを張っていた。

「内側も……お願いしていいですか」

加代子は遠慮がちに言うと、脚をおずおずと開きはじめる。

太腿に押されて、自然と喪服の裾も左右に開いていく。その直後、衝撃的な光景が視界に飛びこんだ。

（こ、これは……）

思わず両目を大きく見開いた。

いきなり、黒々とした陰毛が露になったのだ。驚いたことに、加代子はパンティを穿《は》いていなかった。

女性は和服のとき、下着をつけないことがあるとどこかで聞いた気がする。黒紋付の場合も、それが当てはまるのだろうか。とにかく、加代子はパンティを穿いておらず、股間が剝き出しになっていた。

肉厚で盛りあがった恥丘に、陰毛が自然な感じで生い茂っている。整えていないところから察するに、人に見せる機会がなかったのではないか。

「恥ずかしいけど……」

加代子は独りごとのようにつぶやき、さらに脚を大きく開いた。

内腿の奥で息づく陰唇が露出する。それなりに経験を積んでいるのか、ビラビラは赤黒くて、わずかに形崩れしていた。しかも、健太郎のマッサージで感じたのか、ぐっしょり濡れているのだ。あまりの艶めかしさに、むしゃぶりつきたい衝動がこみあげた。

（ダ、ダメだ。ここは駐車場だぞ……）

必死に心のなかで自分に言い聞かせる。

ところが、加代子は人に見られる可能性もあるのに、構うことなく脚を左右に大きく開いていた。

「ああっ、早くマッサージしてください……」

もはや我慢も限界といった風情だ。

それならばと懇願されるまま、手のひらを内腿に這わせる。そして、その手を股間に向かって滑らせた。

「ああンっ、も、もっと……」

内腿のつけ根のきわどい部分を指先でそっとなぞれば、加代子の声がいっそう甘くなった。

「ほ、本当にいいんですね」

「ああああっ、そ、そこ、お願い……」

女体は直接的な愛撫を欲している。夫を亡くしてから男日照りがつづいていたのだろう。それを思うと憐れでならない。

（こうなったら……）

健太郎自身も抑えきれないほど欲望がふくらんでいる。

思いきって女陰に指を這わせると、とたんにクチュッという淫らな蜜音が響いた。そのまま膣口に中指をズブズブと沈みこませれば、いきなり女壺が猛烈に締まった。

「あああぁッ、い、いいっ」

「おおおっ、こんなに……」

指が食いちぎられそうなほど、膣が収縮している。驚きながらも中指を根もとまで埋めこんだ。

「はあああッ、も、もうっ、あああッ、あああああああッ！」

熟れた女体の反応は凄まじい。指を挿入しただけで、加代子はアクメのよがり泣きを響かせた。

4

加代子はいとも簡単に昇りつめた。

駐車場に停めた車のなかだというのに、あられもない喘ぎ声を響かせてアクメを貪ったのだ。

「あァンっ、す、すごいです……」

譫言《うわごと》のようにつぶやき、腰を小刻みに震わせている。

膣は健太郎の中指をしっかり締めつけたままで、大量の華蜜をトロトロと垂れ流していた。

「まだ挿れただけですよ」

健太郎が語りかけると、加代子は恥ずかしげに頬を赤らめる。

そんな表情がなんとも愛らしくて、思わず膣に埋めこんだままの中指をグリッと動かした。

「あああッ、も、もうダメです」

加代子が慌てたように腰をよじる。しかし、女壺は健太郎の指をますます強く締めつけた。

「ぬ、抜いてください」

「どうしてですか。加代子さんのここは、悦《よろこ》んでいるみたいですよ」

昂っているのは健太郎も同じだ。

ここまで来たら、もう遠慮するつもりはない。そもそも誘ってきたのは加代子のほうだ。最初は躊躇《ちゅうちょ》していたが、今はもっと喘がせたいという欲望が湧きあがっていた。

「すごく濡れています。動かしてほしいんですね」

中指をゆっくり出し入れすると、膣道が即座に反応してウネウネとうねりはじめた。

「う、動かさないでください……あああッ、い、今はダメです」

加代子が身をよじって訴える。だが、言葉とは裏腹に、愛蜜の量は確実に増えつづけていた。

「ここはこんなに濡れてるのに、どうしてダメなんですか」

指をピストンさせながら尋ねる。からみついてくる襞《ひだ》の感触に興奮して、自然と指の動きが速くなった。

「イ、イッたばかりだから……あンンッ」

加代子が眉を八の字に歪めて訴える。潤んだ瞳が色っぽくて、まるで誘っているようだ。

「もっと気持ちよくなっていいんですよ。遠慮しないでください」

健太郎は右手の中指をヌプヌプと出し入れて、同時に左手の指先をクリトリスに這わせた。

「はあああッ、そ、そこはダメですっ」

加代子の声がいっそう大きくなる。

車の外にも聞こえているのではないか。慌てて周囲を見まわすが、近くに人影はなかった。

「誰もいません。今なら、どんなに大きな声をあげても大丈夫ですよ」

安心させるように声をかけてから、中指のピストンを加速させる。

「ああッ、ダ、ダメですっ、あああッ」

膣口から湿った音が響きわたり、加代子の切羽つまった喘ぎ声に重なった。女体がググッと反り返る。快感が高まっているのは間違いない。

「こんなに濡らして、またイクんですか」

「あああッ、い、言わないでください」

懇願しながら膣に埋まった指を締めつける。加代子は腰をガクガク震わせながら、絶頂への急坂を駆けあがっていく。

「いいですよ。イッてくださいっ」

「はあああッ、イ、イキますっ、イクッ、イクううッ！」

またしても加代子はあられもない声を振りまいて、オルガスムスの嵐に呑みこまれた。

5

健太郎はハンドルを握りながら、助手席をチラリと見やった。

加代子が頰を赤らめて座っている。瞳はトロンと潤んでおり、呼吸もまだ少し乱れていた。

それもそのはず、健太郎の指で二度も絶頂に達したのだ。

はだけていた喪服の裾は直してあるが、どことなく着崩れた感じがある。乱れた姿を目の当たりにしたせいか、ただ助手席に座っているだけなのに、ひどく色っぽく映った。

今は加代子の自宅に向かっているところだ。

足首を捻挫《ねんざ》しているため、歩くのもままならない。こうして出会ったのも、なにかの縁だ。家が近くだというので、ドライブがてら送ることにした。

「あの、お願いがあるのですが……」

助手席の加代子が言いにくそうに口を開いた。

「なんでしょうか。この際なので、遠慮しないでください」

なにしろ、あんなことまでしたのだ。今さらなにを頼まれても驚かない自信があった。

「家に帰る前に、ちょっとだけ温泉に寄ってもらえないでしょうか」

「温泉ですか」

「はい……少し山のほうに行くと、万病に効く温泉があるんです」

「なるほど、捻挫もよくなるかもしれませんね。行きましょう」

治療のためなら、もちろん協力するつもりだ。ついでに健太郎もひとつ風呂浴びようと思った。

加代子の指示に従って国道から脇道に入り、緩やかな坂を登っていく。林のなかをしばらく進むと、やがて木造の小屋が現れた。

「あそこです」

「えっ、あれですか」

思わず聞き返してしまう。今にも崩れそうな小屋で、とても温泉には見えなかった。

「ここは地元の人たちだけが知っている無料の温泉なんです」

加代子がぽつりとつぶやく。

頬がさらに赤く染まって見えたのは、気のせいだろうか。

とにかく、加代子に肩を貸して小屋に向かう。足首はかなり痛そうだ。なんとかたどり着くと、男女の脱衣所の前で別れた。

健太郎は脱衣所で服を脱いで裸になり、さっそく浴室に足を踏み入れる。

ほかに客の姿は見当たらない。木製の簡素な造りで、かなり狭かった。シャワーがふたつに、家庭用より少し大きい浴槽があるだけだ。とはいえ、無料なので文句は言えない。

かけ湯をして、さっそく浴槽に浸かる。熱めの湯が心地よくて、思わず唸り声が漏れた。

（こいつは最高だな……）

見た目は見窄《みすぼ》らしいが、泉質は素晴らしい。

まったりしていると、ふいに背後で人の気配を感じて振り返る。すると、裸体を白いタオルで隠した加代子が立っていた。

タオルを縦長に持ち、胸にあてがっている。裾がかろうじて股間を隠しているが、身体の両側は剝き出しだ。生々しい曲線を描く腰や尻は露になっている。匂い立つような未亡人のむっちりした女体だ。

「な、なにをしてるんですか」

突然のことに驚きを隠せない。

どうして、男湯に加代子がいるのだろうか。思わず声をあげるが、彼女の身体から目を離せなくなっていた。

「ここは混浴なんです」

加代子はそう言って、ふふっと楽しげに微笑んだ。

「き、聞いてませんよ」

脱衣所は男女で別々になっているが、浴室は混浴になっていたのだ。これはうれしい誤算だった。

「ごめんなさい。驚かそうと思って」

加代子は妖艶な笑みを浮かべると、健太郎をじっと見つめる。

「手を貸していただけますか。足が痛くて……」

「あっ、気づかなくてすみません」

健太郎は慌てて浴槽からあがり、腰にタオルを巻きつけた。

加代子の隣に立つと、むっちりした尻がチラリと見えた。肉づきがよくて揉み心地のよさそうな未亡人の熟れ尻だ。

(ダ、ダメだ。なにを考えてるんだ……)

心のなかで自分を戒めると、彼女の腰にそっと手をまわした。

「あンっ……」

素肌に触れたとたん、加代子の唇から色っぽい声が漏れた。

吸いつくような肌の感触となめらかな曲線を、手のひらで直接感じる。欲望が刺激されて、ペニスが瞬く間に硬くなってしまう。その結果、タオルの前があからさまに盛りあがった。

（こ、こんなときに……）

額に玉の汗が滲んだ。

どういうわけか、昨夜から愚息がやけに元気になっている。とはいえ、いくらなんでも若返りの秘湯の効果ではないと思う。旅の解放感なのか、ちょっとしたことで勃起するようになっていた。

しかし、加代子は足首が痛むのか、幸か不幸か勃起に気づいていない。

とにかく、今は加代子の身体を支えなければならない。慎重にゆっくり浴槽へと導いた。

「ありがとうございます」

加代子はしゃがんでかけ湯をすると、タオルをはずして浴槽に浸かった。

「ああっ、気持ちいい……」

その声が妙に色っぽい。加代子が口にすると別の意味に聞こえて、ますます牡の欲望が刺激された。

健太郎も再び湯に浸かると、横目でさりげなく女体を観察する。

湯のなかでたっぷりした乳房が揺れている。乳首は経験が豊富そうな濃い紅色だ。視線をさげて股間に向ければ、漆黒の陰毛がまるで海中のワカメのようにそよいでいた。

（こ、これが、加代子さんの……）

未亡人の見事な女体に感激する。その結果、ペニスは湯のなかで、さらに雄々しくそそり勃った。

「この温泉、万病に効くだけではないんです」

加代子がそう言って、意味深な瞳を向ける。

「地元の人たちは、若返りの秘湯と呼んでいます」

「わ、若返りの……」

「はい……健太郎さんのアソコ、先ほどからずいぶん元気ですね」

どうやら、加代子は気づいていたらしい。

ペニスが勃起しているのは、若返りの秘湯の効果だと言いたいのだろうか。温泉の効能は否定しないが、即効性があるとは思えない。しかし、勃起しているのは事実だった。

「さっきは脚をマッサージしてもらったから、今度はわたしが……」

加代子は身を寄せると、湯のなかで白くて細い指をペニスに巻きつける。そして、さっそくゆるゆるとしごきはじめた。

「ううッ、そ、そんなことをされたら……」

「いいんですよ。気持ちよくなってください」

耳に息を吹きこみながらささやかれると、快感がさらに大きくなる。亀頭はパンパンにふくらみ、湯のなかで我慢汁が溢れ出した。

「ちょ、ちょっと……くうううッ」

脚をマッサージしたときから興奮していたせいか、こらえることのできない欲望がふくれあがる。

「ピクピクしてきました。気持ちいいんですね」

「そ、そんな……うううッ」

「わたしの手で、たくさん出してください」

未亡人の懇願するような声を聞きながら、健太郎は温泉のなかで思いきり欲望を解き放った。

「おおおおッ、おおおおおおッ！」

狭い浴室に呻き声が反響する。

加代子の手のなかでペニスがビクビクと跳ねまわり、精液が勢いよく噴き出した。射精している最中もねっとりしごかれる。たまらず体を仰け反らして、精液を二度三度と放出した。

6

「着がえてくるので、ちょっとだけ待っていてもらえますか」

加代子はそう言って襖《ふすま》を開けると、隣の部屋に入っていった。

(喪服のほうが、よかったんだけどな……)

健太郎はリビングのソファに腰かけたまま、心のなかでつぶやいた。

喪服姿の加代子は、じつに色っぽかった。しかし、自宅に戻ったので、楽な服装になりたいのだろう。残念だが、仕方ない。

温泉からあがると、車で加代子を家まで送った。道すがら今夜の宿がまだ決まっていないという話になり、加代子が「助けてくれたお礼に、ぜひ泊まってください」と提案してくれたのだ。

魅惑的な未亡人の申し出を断るはずがない。当然ながら健太郎はふたつ返事で了承した。

(もしかしたら、なにかいいことがあるかもしれないぞ)

ついつい淫らなことを考えてしまう。

なにしろ、加代子は温泉のなかでペニスをしごいてくれたのだ。家に招かれたということは、さらなる行為が期待できるのではないか。

加代子は三十八歳という若さで未亡人だ。きっと熟れた身体を持てあましているに違いない。むちむちの女体に抱えきれないほどの欲求不満をためこんでいると予想した。

（それにしても、ちょっと遅くないか……）

着がえるだけにしては時間がかかっている。声をかけようかと思ったが、ふと邪な気持ちがこみあげた。

（今ごろ、加代子さんは……）

喪服を脱いで、全裸になっているのかもしれない。熟れた女体を想像するだけで、ペニスがズクリッと疼いた。

じつは温泉に浸かってから、やけに体調がよくなっているのだ。疲れがすっかり取れており、温泉でたっぷり射精したにもかかわらず、またしてもペニスが勃起しそうになっていた。

加代子の足首の捻挫も、だいぶ回復しているようだ。もしかしたら、若返りの秘湯には本当に特別な効能があるのかもしれない。

(いやいや、まさかな……)

そう思いつつ、自分の股間を見おろした。

かろうじて勃起を抑えこんでいるが、若いころのように欲望が無尽蔵に湧きあがっている。今も隣室をのぞきたくて仕方ない。

(よし、こうなったら、ちょっとだけ……)

健太郎はソファから立ちあがると、襖にゆっくり歩み寄る。

もし加代子が出てきて鉢合わせしたら、遅いので声をかけようとしたと言うつもりだ。彼女なら、きっと怒らない気がする。

襖に手をかけると、ほんの少しだけ隙間を開ける。そして、片目を寄せて隣室をのぞいた。

(な、なんだ……)

思わず声が漏れそうになり、ギリギリのところで呑みこんだ。

隣の部屋は和室で、左手に仏壇がある。その前に全裸の加代子が正座をしており、手を合わせていた。

帰宅して線香をあげるのが日課なのかもしれない。それはわかるが、どうして全裸なのだろうか。黒髪は結いあげたままで、熟れた白い肌が剥き出しになっていた。
(か、加代子さん……)
いけないいと思っても見惚れてしまう。
こんな光景はめったに拝めない。仏壇と全裸の未亡人の組み合わせが、なんと
もエロティックに映った。
下膨れした乳房と濃い紅色の乳首、それに股間を彩る黒々とした陰毛が色っぽ
い。正座をしているため、むっちりした尻に踵《かかと》がプニュッとめりこんでいる。健
太郎は思わず息を殺しながら凝視した。
(どうして、裸なんだ……)
仏壇に手を合わせるにしても、裸になっている理由がわからない。包み隠すこ
となく、すべてをさらそうとする気持ちの表れだろうか。
黒髪を結いあげたままなので、表情をはっきり確認できる。
亡き夫のことを思っているのか、うつむき加減で横顔には悲しみが滲んでいる
気がした。そんな未亡人の表情に欲情してしまう。裸のせいもあるが、沈んだ表
情が妙に艶めかしい。

「あなた……許してください」

加代子がぽつりとつぶやいた。

仏壇に飾られている遺影を見つめる瞳は、しっとりと潤んでいる。なにを思い浮かべて、語りかけたのだろうか。

(俺のことか……)

ふとそんな気がした。

もしかしたら、男と女の関係になることを決めているのかもしれない。そのことをあらかじめ亡夫に詫《わ》びているのではないか。

(加代子さん、そうなんですか……)

心のなかで問いかける。

誘われれば断るつもりはない。旅の恥はかき捨てと言うが、まさにそのとおりだ。ペニスが元気を取り戻したこともあり、チャンスがあれば誰とでも関係を持ちたい。

「だって、我慢できないんです」

加代子は小声でつぶやくと、膝を崩して横座りになる。そして、両手を自分の乳房にあてがった。

「ンンっ……」

双つの柔肉をゆったり揉みあげると、ため息にも似た声が溢れ出た。

指先を沈みこませて、やさしくこねまわす。さらには先端で揺れる乳首を、人さし指と親指でそっと摘まんだ。

「あンっ」

唇が半開きになり、うっとりした表情を浮かべる。さらには右手を股間に伸ばして、内腿の間に潜りこませた。

「はンンっ、あ、あなた、ダメです。リビングにお客さんが……」

加代子はひとりでささやき、股間に伸ばした右手をもぞもぞ動かしている。陰唇をまさぐっているのは間違いない。

（こ、これって……）

健太郎は瞬《まばた》きするのも忘れて、加代子の姿を見つめていた。

信じられないことにオナニーをしている。夫に報告しているうちに、気分が高揚してしまったのかもしれない。セリフから察するに、亡き夫に抱かれているところを想像しているようだ。

「あっ……あっ……」

加代子の息づかいが荒くなる。

横座りしたまま、右手で股間をいじりつづけて、左手では乳房をゆったり揉みあげる。硬くなった乳首を転がすと、女体に小刻みな震えが走り抜けた。

「はンンっ、い、いけません、これ以上は……」

声を抑えているので、リビングに健太郎がいることを忘れたわけではないだろう。しかし、近くに人がいると思うからこそ、背徳感でなおさら燃えあがってしまうのかもしれない。

「ま、待ってください……ああンっ」

加代子は小声でつぶやくと、仏壇の前で仰向けになった。

両膝を立てて、左右にゆっくり開いていく。亡夫の遺影に向かって股間をさらした状態だ。加代子が右手で股間をまさぐると、クチュッ、ニチュッという湿った音が仏間に響きわたった。

「はあぁンっ……ダ、ダメ、ダメです」

加代子の顔が快楽に染まっていく。

口ではダメと言いながら、オナニーをやめようとしない。隣の部屋に健太郎がいるという危険な状況に興奮している。バレるかもしれないのに、股間をまさぐりつづけているのだ。

こんなアブノーマルなオナニーに耽《ふけ》ってしまうほど、熟れた女体に欲望をためこんでいたのだろう。

（ああっ、加代子さん）

のぞいている健太郎も激しく欲情している。

ペニスがこれ以上ないほど膨張して、スラックスの前が大きく盛りあがっていた。思わず布地ごしに股間を強くつかんで、加代子の姿をじっと見つめる。ペニスの先端から我慢汁が大量に溢れて、ボクサーブリーフの裏側をぐっしょり濡らしていた。

「あンっ……ああンっ」

加代子は股間をまさぐり、畳の上で腰を激しくよじっている。

夢中になっているせいなのか、身体の向きが少しずつずれていく。やがて、和室をのぞいている健太郎の位置から、彼女の股間がまる見えになった。

（おおっ、す、すごいぞ）

危うく声をあげそうになり、懸命に呑みこんだ。

赤黒い陰唇の狭間に、右手の中指が深々と沈みこんでいた。加代子は膣に指を挿入して、ネチネチと出し入れしている。透明な汁が溢れており、指と内腿を濡らしていた。しかも、陰唇は物欲しげにヒクついて、指をしっかり食いしめているのだ。

（な、なんて、いやらしいんだ……）

思わず腹のなかで唸った。

未亡人の背徳感溢れるオナニーを目にして、異常なほど興奮している。襲いかかりたい衝動に駆られるが、仏壇があるので躊躇した。

「ああっ、もっとズボズボしてください」

加代子は小声でつぶやき、指の動きを速くする。膣に挿入した中指をピストンさせて、膣のなかをかきまわしている。

「あっ、ああっ……い、いいっ、いいですっ」

抑えきれない喘ぎ声が溢れ出す。

絶頂が近づいているのかもしれない。指の動きがさらに速くなり、華蜜の弾ける音が大きくなる。

「も、もうダメです、ああああっ、それ以上されたら、イッてしまいます」

妄想のなかの夫に語りかけているのだろうか。加代子は眉をせつなげに歪めると、中指をずっぷりと根もとまで埋めこんだ。

「はあああッ、い、いいっ、もうダメっ、イクッ、イクうううッ！」

ついに加代子は絶頂を告げながら昇りつめる。夫の遺影の前で、背徳的なオルガスムスに達したのだ。

（加代子さんがオナニーで……）

健太郎はチノパンの上からペニスを握りしめて、射精したいのを必死にこらえていた。

7

「お待たせしました」

しばらくすると、加代子が和室から出てきた。

熟れた身体に纏《まと》っているのは、驚いたことに喪服を連想させる黒のキャミソール一枚だけだ。

肩紐《かたひも》が細いため、首すじはもちろん鎖骨や肩も剥き出しになっている。胸もとが大きく開いており、乳房の谷間が大胆にのぞいていた。しかも、裾はミニスカートのように短いので、むっちりした太腿が露になっている。ともすると股間が見えるのではないかという丈だ。

（誘ってるのか……）

健太郎は緊張で全身をこわばらせた。

つい先ほど、加代子は和室でオナニーをしていたのだ。その姿をのぞいたことで、興奮状態が持続していた。急いでソファに戻ったが、ペニスは硬く勃起したままだった。

「こんな格好でごめんなさい。家では、いつもこういう感じなんです」

加代子がささやくような声でつぶやいた。

頬がほんのり桜色に染まっているのは、オナニーの名残なのか、それともキャミソール姿を見られた羞恥のためか。

いずれにせよ、加代子も興奮しているのは間違いない。今も身体が火照っているはずだ。あれほど淫らなオナニーをした直後で、平常心を保っていられるはずがなかった。

「お、お似合いです」

なにか言わなければと思って口を開いた。

すると加代子は頬をますます赤らめて、恥ずかしげに腰をよじる。その動きでキャミソールの裾がフワッと舞いあがった。

（おっ……）

ほんの一瞬だが、剝き出しの股間がはっきり見えた。

黒々とした陰毛が網膜に焼きついている。加代子はキャミソールのなかにパンティを穿いていなかった。

（やっぱり……）

誘っているとしか思えない。

加代子のあからさまなアピールを受けたことで、健太郎のペニスは限界を超えてさらに硬くなった。

「秋田の地酒はいかがですか」

加代子が含みのある笑みを浮かべる。

もしかしたら、酒の勢いのせいにするつもりかもしれない。そういうことなら乗らない手はなかった。

「地酒ですか。いいですね。じつは日本酒に目がないんです」

「では、すぐにご用意します」

加代子はキッチンに向かうと、日本酒の四合瓶とお猪口《ちょこ》をひとつだけ手にして戻ってきた。

「加代子さんは飲まないのですか」

「わたしも、いただきますよ」

加代子はそう言って隣に腰かける。そして、お猪口に日本酒を注《つ》いだ。

どうするつもりなのだろうと見ていると、加代了はお猪口の酒を口に含んで健太郎に顔を寄せる。

「な、なにを……」

とまどっている間に唇が重なり、酒を口移しに流しこまれた。

「いかがですか」

加代子が意味深な上目遣いで尋ねる。

もはや欲望を隠すつもりはないらしい。キャミソールの胸もとをわざと揺らして見せつけた。

「う、うまいです……」

健太郎は鼻息を荒らげながら答えた。

さすがは米所の地酒だ。ただでさえうまい酒に、未亡人の唾液がブレンドされることで、じつに官能的な味わいになっていた。

「はあンっ……もっと飲んでください」

加代子はため息まじりにつぶやくと、再び酒を口に含んで顔を寄せる。

「あ、あの――うむっ」

健太郎が口を開くと、すかさず唇が重なった。またしても唾液まじりの酒を流しこまれて、勢いのまま飲んでしまう。

「お強いのですね。素敵だわ。やっぱり男の人は強くないと。お酒もアッチもね……ふふふっ」

加代子は妖しげな笑みを浮かべる。そして、キャミソールを一枚だけまとった身体を、見せつけるようにくねらせた。

豊満な乳房がタプンッと弾んで、思わず視線が吸い寄せられる。その直後、健太郎は両目を大きく見開いた。

(す、透けてるじゃないか……)

キャミソールの生地は極薄で、乳房の優美な輪郭はもちろん、頂点に鎮座する乳首も透けている。濃い紅色をしているため、生地の黒に負けることなく、はっきりと浮き出ていた。

しかも乳首がビンビンに勃起している。充血して乳輪までドーム状に盛りあがり、キャミソールの薄い生地を内側から押しあげていた。

じつに牡の本能を刺激する光景だ。ナマで見えないもどかしさなのか、それともキャミソールが女体をより淫靡《いんび》に演出するのか、裸よりもかえって艶めかしく感じる。

「女のおっぱいなんて、めずらしくないでしょう」

加代子は見られることに抵抗がないらしい。それどころか、うれしそうに身をよじり、再び乳房をタプタプ揺らした。

「こんな絶景はめったに拝めないので、つい……すみません」

健太郎は謝罪するが、それでも視線はそらせない。素晴らしい光景を目に焼きつけておきたかった。

「ふふっ、もっと飲みましょう」

加代子はまたしても日本酒を口に含むと、健太郎にキスをする。今度は酒を口移しするだけではなく、舌をヌルリッと挿し入れた。

(このままだと、やばいぞ……)

頭ではわかっているが、拒めない。

唾液まじりのスペシャルブレンドは、甘くて口当たりがいいだけに危険な気がする。同時にディープキスされることで、ますます酔いがまわった気がした。

「あふっ……あふンっ」

加代子は色っぽく鼻を鳴らしながら、健太郎の舌を吸っている。口のなかをしゃぶっては、唾液をすすりあげて飲みくだした。

（す、すごい……キスだけでこんなに……）

愚息は驚くほど硬くなっている。我慢汁がとまらなくなり、ボクサーブリーフの裏側はドロドロになっていた。

加代子はいったい、なにを考えているのだろうか。再び四合瓶を手にしたのを見て、健太郎は慌ててお猪口を奪った。

「も、もう少し、ゆっくり飲みませんか」

これ以上、酔わされたら自分を保てなくなってしまう。ただでさえ、温泉の効能なのか欲望がふくらんでいるのだ。ところが、加代子は悲しげな顔になり、健太郎をじっとり見つめた。

「こうでもしないと、襲ってくれないでしょう」

「お、襲われたかったんですか」

思わず聞き返してしまう。すると、加代子は涙目になってうなずいた。

8

「さっき、のぞいていたのに、なにもしてくれなかったじゃないですか」

加代子は目に涙を浮かべて、拗《す》ねたようにつぶやいた。

「襲ってほしくて、あんなことしたのに……」

そのセリフを聞いたことで、ようやく加代子の不可解な行動が腑《ふ》に落ちた。

考えてみれば、隣の部屋に客がいるのにオナニーをするはずがない。仏壇の前ではじめたときは驚いたが、あれは健太郎を誘うためだったのだ。

(そうか、あのとき襲っていれば……)

今ごろ気づいても、どうにもならない。

加代子はサインを出していたのに、完全に見落としてしまった。未亡人とセックスできるチャンスを逃して、思わず肩をがっくりと落とした。

もう加代子はこちらを見てくれない。すっかり機嫌を損ねて、そっぽを向いている。女性に恥をかかせたのだから当然だ。もはや頼んだところで、日本酒の口移しもしてくれないだろう。

「すみませんでした」

健太郎は困りはてて、とにかく頭をさげた。

今さら謝っても許してもらえないと思う。それでも、せめて重苦しい空気だけでも変えたい。

「本当に反省しているんですか」

しばらくして、加代子がそっぽを向いたままつぶやいた。これは脈があるかもしれない。

「反省しています。なんでも命じてください」

これで加代子が「襲ってください」と言えば、理想的な展開だ。未亡人との甘くて激しい時間がやってくる。先ほどのオナニーを見た限り、かなり欲求不満をためこんでいるはずだ。

「それなら……」

加代子がゆっくり振り返る。キャミソールに包まれた乳房がタプンッと柔らかく弾んだ。

「わたしのことを襲ってください」

待ち望んでいたセリフが、加代子の唇から紡がれた。

（よしっ……）

健太郎は思わず心のなかでつぶやき、拳をグッと握りしめた。

これで正々堂々とセックスできる。先ほどからペニスは勃起したままで、我慢汁を大量に吹きこぼしているのだ。

「では……」

さっそく襲いかかろうと思ったとき、加代子が再び口を開いた。

「ただし普通に襲うだけではダメです」

「どういうことですか」

「女にここまで言わせたんですから、なにか特別なことをしてくれないと納得できません」

加代子は挑発するような口調になっている。機嫌が完全に直ったわけではないようだ。

「特別なこと……わかりました」

そうは言ったものの、すぐには思いつかない。

健太郎はこれまで特殊なプレイをした経験がなかった。ごくノーマルなセックスで満足していた。だが、そういえば機会があればチャレンジしてみたいと思っていたことがいくつかあった。

「和室に行きましょう」

健太郎は加代子の手を引いて、隣室に向かう。そして、さっそくキャミソールを脱がすと、熟れた裸体を畳の上に横たえた。

「なにをするんですか」

仏壇の前で生まれたままの姿にされて、加代子が不安げな声で尋ねる。それでいながら、見あげる瞳には期待の色も滲んでいた。

「お望みどおり、特別なことですよ」

「ああっ、恥ずかしいです……」

加代子が色っぽい声で訴える。

裸に剝かれて、仏壇の前で横になっているのだ。夫の遺影があるため、羞恥だけではなく罪悪感もこみあげているはずだ。

だが、加代子は罪悪感が快感を高めることを知っている。

先ほどは仏壇の前でオナニーをしていた。その現場を目撃して、はじめてではないと悟った。おそらく、ひとりでもやっているのだろう。セリフまわしひとつ取っても、やりなれている感じがした。

だから、罰当たりと思いつつ、健太郎も仏壇の前で淫らな行為をする気になったのだ。

「内腿をぴったり閉じてください」

「こう、ですか」

加代子はとまどいながらも、言われたとおりに内腿を密着させる。そして、羞恥に潤んだ瞳で健太郎を見あげた。

「ああっ、なにをするつもりですか」

まだなにもはじまっていないのに、加代子の呼吸は乱れている。不安と期待が入りまじり、抑えきれない興奮へと昇華しているようだ。

「わかめ酒ですよ」

健太郎の手には、日本酒の四合瓶が握られている。先ほどの飲みかけを持ってきたのだ。

「わかめ酒……」

「ご存知ないみたいですね。それはよかった。初体験ほど刺激的なものはないですからね」

健太郎も服を脱ぎ捨てて裸になり、屹立《きつりつ》したペニスを剥き出しにする。そして、四合瓶を加代子の股間に近づけた。

「な、なんですか」

「脚を絶対に開かないでください。お酒がこぼれてしまいますよ」

注意をうながしてから股間に酒を注いでいく。内腿と恥丘の間にできた窪地《くぼち》に酒がたまり、黒々とした陰毛がユラユラと揺れた。

「これがわかめ酒ですよ。ほら、見てください。マン毛がわかめみたいに揺れてるでしょう」

健太郎が説明すると、加代子は首を持ちあげて自分の股間に視線を向ける。そして、顔を見るみるまっ赤に染めあげた。

「ああっ、こ、こんなのって……」

「じつは俺もはじめてなんです。初心者どうしで楽しみましょう」

「楽しむって……このあと、どうするんですか」

「飲むに決まってるじゃないですか」

健太郎は顔を加代子の股間に寄せる。日本酒のなかで揺れる陰毛が、まるで誘っているようだ。

「い、いやです。そんなのいやです」

加代子は首を左右に振って拒絶する。

しかし、口ではいやがっているが、呼吸は興奮度合を示すようにハアハアと荒くなっていた。

「では、いただきます」

健太郎は加代子の股間にたまった酒に口をつけると、躊躇することなくすすりあげる。

「ううむっ、これはいいぞ」

「ああっ、い、いや、いやです」

うまい地酒がさらに美味になっていた。

加代子の恥じらう声が絶妙なスパイスとなり、わかめ酒の味をいっそう引き立たせている。

「こいつはうまい。せっかくだから、お代わりさせてもらいますよ」

空になった股間に酒をなみなみと注いで、再びむしゃぶりつく。遠慮という言葉は、健太郎の頭から消し飛んでいた。

「ああっ、ダメぇっ、は、恥ずかしいですっ」

酒をすするジュルジュルという音に、加代子の色っぽい声が重なった。

股間に日本酒を注がれて、すすり飲まれたのだ。顔をまっ赤に染めて、しきりに恥じらっている。だが、健太郎はわかめ酒を飲みほしても股間から顔をあげずに、濡れた内腿や恥丘を執拗にしゃぶりつづけた。

「あンっ……も、もう、お酒はないですよ」

「日本酒の味が染みこんでて、すごくうまいです」

柔肌に舌を這わせて、酒をすべて舐め取った。

だからといって、これで終わるはずがない。内腿のつけ根部分に舌先をねじこんで、ねちねちと舐めまわしにかかった。

「ああンっ、な、なにをしてるんですか」

加代子が腰を左右に揺らして、両手を健太郎の頭にそえる。しかし、股間から引き剝がすわけではない。舌による愛撫にうっとりして、内腿を自ら左右に開きはじめた。

「ここも舐めてほしいんですね」

健太郎は愛撫を中断することなく、そのまま舌を這わせていく。やがて赤黒い陰唇が剝き出しになり、チーズにも似た牝《めす》の濃厚な香りが溢れ出した。

しりだ。


「グショグショじゃないですか」

「ウ、ウソです。ああッ」

陰唇を舐めあげると、女体がヒクヒクと反応する。割れ目から新たな華蜜が溢れ出して、尻の穴まで濡らしていく。蟻《あり》の門渡《とわた》りから肛門まで、瞬く間にぐっしょりだ。

「こんなことされたら……あああッ」

加代子の声はたまらなそうに震えている。

陰唇に舌を這わせるたびに感度があがり、喘ぎ声が大きくなってくる。はじめてのわかめ酒で羞恥心を煽《あお》られて、官能の炎が燃えあがっているのは間違いない。

「こんなに濡らして、恥ずかしくないんですか。旦那《だんな》さんの前ですよ」

「い、いやです。言わないでください……」

遺影の前だということを意識させると、加代子は今にも泣き出しそうな顔になる。首を左右に振りたくるが、愛蜜の量は確実に増えていた。

「ああッ、ダ、ダメ……あああッ」

「旦那さんに見られながらイクんですか」

「そ、そんなのダメです……あああッ、声が出ちゃう」

「声を出したくないなら、口をふさいであげますよ」

健太郎は陰唇を舐めながら体の向きを変えて、加代子の顔をまたいだ。シックスナインの体勢になり、ペニスの切っ先を唇に押し当てた。

「ほら、しゃぶってください。そうすれば、旦那さんにイクときの声を聞かれなくてすみますよ」

「ああっ、夫の前でこんなこと……はむンンっ」

加代子は背徳感を刺激されたのか、ペニスを咥えるなり首を激しく振り、舌も使って猛烈にしゃぶりはじめた。

「くううッ、す、すごいじゃないですか」

健太郎も反撃とばかりに舌をとがらせて、膣口にズブリッと埋めこんだ。

「はああッ、い、いいっ」

相互愛撫でふたり同時に高まっていく。

こうなったら、途中でやめることなど考えられない。行きつくところまで行くまでだ。快感が快感を呼び、相手の股間を唾液まみれにしながら、桃源郷への急坂を駆けあがる。

「おおおッ、おおおおおッ」

いた。

「あああぁッ、はあああぁッ」

健太郎の唸り声と、加代子の喘ぎ声が重なった。

「も、もうっ、おおおッ、で、出るっ、出るっ、くおおおおおッ！」

「はああぁッ、わ、わたしも、あああぁッ、イ、イクッ、イクううッ！」

あっという間に最後の瞬間が訪れる。

ふたりは互いの股間をしゃぶりながら、濃厚なシックスナインで同時に達していた。

9

シックスナインでの絶頂は、最高の興奮と快楽をもたらした。

だが、まだこれくらいでは満足していない。健太郎のペニスは硬く勃起したままで、雄々しく反り返っている。加代子の陰唇も愛蜜にまみれており、新鮮な赤貝のように物欲しげに蠢いていた。

(どうなってるんだ。まだまだやり足りないぞ)

健太郎は加代子の上から降りて、畳の上で胡座《あぐら》をかいている。

大量に射精したのに、なぜか興奮状態が持続していた。いっこうに冷める気配はない。かつて経験したことのない昂りだ。

（もしかしたら……）

これが若返りの秘湯の効果なのだろうか。

正直なところ、まったく期待していなかったが、弱っていた愚息が元気になったのは事実だ。

「ああっ、素敵です。まだこんなに硬いなんて」

しどけなく横座りした加代子が、ねっとり潤んだ瞳でペニスを見つめる。そして、まっ赤な舌先をのぞかせると、唇を意味深にペロリと舐めた。

「健太郎さんって、男らしいんですね」

加代子の熟れた裸体には汗がうっすらと滲んでいる。大きな乳房がヌラヌラと濡れ光り、濃い紅色の乳首はまるで誘うようにとがり勃っていた。

「加代子さんも色っぽいですよ。これがほしいんじゃないですか」

健太郎は胡座をかいた状態から膝立ちになり、臍《へそ》につくほど勃起したペニスを見せつけた。

「ああっ、ほしいです。でも、その前に……」

加代子はため息まじりにつぶやいて、ゆったりと立ちあがる。なにをするのかと思えば、押し入れから布団を取り出した。

「畳だと痛いでしょう」

恥ずかしげにつぶやきながら、仏壇の前に布団を敷いていく。

これから健太郎とセックスをするつもりだ。そのために夫の遺影の前で布団を敷くのは、いったいどんな気持ちだろうか。

「健太郎さん……」

加代子は布団の上で体育座りをすると、膝を左右にゆっくり開いていく。

白い内腿が露になり、さらには濡れそぼった割れ目が剝き出しになる。自ら陰部をさらして両手をうしろにつくと、股間をググッと迫り出した。

(な、なんて、いやらしいんだ……)

健太郎は思わず言葉を失って凝視する。

未亡人が仏壇の前で股を開いて誘っているのだ。夫の遺影が気になるが、加代子が求めているのだから問題ないだろう。きっと背徳感が快感を高めてくれるに違いない。

（据え膳《ぜん》食わぬは男の恥って言うしな）

さっそく押し倒そうとしたとき、なぜか加代子は横になって毛布をかぶった。

「疲れたので休みます。絶対にヘンなことしないでくださいね」

いったい、なにを言っているのだろうか。

健太郎は呆気に取られて固まるが、すぐに彼女の考えを理解した。仏壇の前でセックスしてみたいが、うしろめたさもあるのだろう。だから、襲われている状況を演出したいのではないか。

（つまり、夜這いプレイをご所望というわけか）

健太郎は納得してうなずくと、ペニスをますます滾《たぎ》らせた。

10

加代子は横たわって睫毛を静かに伏せている。

眠っているように見えるが、そんなはずはない。その証拠に呼吸はハアハアと乱れている。これからなにが起きるのか、期待しているに違いない。

（狸寝入り《たぬきねい》りとは、手がこんでるじゃないか）

健太郎は隣に横たわり、思わずにやりと笑った。

今からこの美しい未亡人を夜這いする。いや、実際には夜這いプレイだが、そんなことはどうでもいい。とにかく熟れた女体を自由にできるのだ。しかも、仏壇の前だと思うと、これまで感じたことのない興奮がこみあげた。

(旦那さん、すみません)

遺影をチラリと見て、心のなかで謝罪する。

胸の奥がチクリと痛むが、これは加代子が望んだことだ。右手を毛布のなかに忍ばせると、柔らかい腹部にそっと触れた。ところが、加代子はじっとしたまま動かない。あくまでも眠ったフリをしていた。

(もっと触ってほしいんだな)

円を描くように手のひらを動かして、絹を思わせるなめらかな肌の感触を堪能《たんのう》する。

その手を少しずつ上に移動させると、乳房をゆったり揉みあげた。夜這いという設定なので、起こさないようにやさしい手つきを心がける。柔肉に指を沈みこませて、じっくり揉みつづけた。

加代子は睫毛を伏せたまま反応しない。だが、鼻息は確実に荒くなっている。

乳房を揉まれて昂っているに違いない。それならばと、ふくらみの頂点にある乳首をそっと摘まんだ。

「ンンっ……」

加代子の唇の隙間から微かな声が漏れる。

乳首は硬く隆起して、感じているのは明らかだ。指の間で転がすたびに裸体がヒクヒクと反応する。それでも目はしっかり閉じたままだ。まだ狸寝入りをつづけるつもりらしい。

いつになったら目を開けるのか楽しみだ。それまでは好き勝手をさせてもらうことにする。

女体を拝みたくて、毛布をゆっくり剝がしていく。たっぷりした乳房が露になり、さらに陰毛がそよぐ恥丘も剝き出しになった。内腿をぴったり閉じているのは、股間の奥が疼いているからではないか。

両手で剝き出しの乳房を揉みながら、先端で充血している乳首を指先でクニクニと刺激する。

「ンっ……ンっ……」

加代子は眉をせつなげな八の字に歪めて、微かな声を漏らした。

（まだ我慢するつもりか。これならどうだ）

健太郎は乳房に顔を近づけると、乳首に熱い息を吹きかける。

「はンンっ」

加代子の腰に小刻みな震えが走った。

口が近づいていることを意識させて期待感を煽り立てるが、まだ乳首には触れない。乳肉をゆったり揉んで、先端に息を吹きかけることをくり返す。そうやって、じっくり責めることで、未亡人の性感を追いつめていく。

加代子の眉がさらにたわんで、内腿をモジモジと擦り合わせる。

（そろそろだな……）

健太郎は頃合を見計らって、乳首にむしゃぶりついた。

「はああッ、も、もうダメですっ」

ついに加代子の唇から感極まったような声が溢れる。

無反応を装うことができなくなったらしい。たまらなそうに身をよじって目を開けた。

「ああッ、な、なにをしてるんですか」

いきなり、大きな声をあげる。

そして、両手を伸ばして健太郎の肩にあてがった。ところが、押し返すのかと思いきや、その手には力がほとんど入っていない。どうやら、まだ夜這いプレイはつづいているらしい。

（それなら……）

健太郎は遠慮することなく乳首を口に含むと、舌を這わせてジュルジュルと吸い立てた。

「はああッ、ど、どうしてこんなこと……」

加代子の抵抗は口先ばかりで、悩ましく腰をよじっている。乳首をしゃぶられたことで、狸寝入りをつづけられなくなったのだ。内腿をしきりに擦り合わせて、さらなる刺激を欲していた。

「ああンっ、乳首ばっかり……はあああンっ」

「そんなに喘いでいいんですか。ほら、旦那さんが見てますよ」

健太郎は乳首を口に含んだまま、仏壇をチラリと見やった。

「い、いやです。言わないでください」

「でも、乳首はこんなに硬くなってますよ」

舌先で勃起した乳首を弾くと、女体がピクピクと反応する。いかにも敏感そうで、ますますいじめたくなってしまう。

「乳首がよっぽど好きなんですね」

前歯を立てて甘嚙みすれば、女体がブリッジする勢いで仰け反った。

「はあああッ、ダ、ダメっ、か、嚙まないでくださいっ」

「そんなこと言っても、乳首はビンビンになってるじゃないですか」

「そ、そんなはず……」

「じゃあ、旦那さんに確かめてもらいましょうか」

健太郎は双つの乳首をさんざん舐めまわしてから口を離した。

「ああっ、い、いやです」

加代子は乳房を手で覆い隠そうとするが、すかさず手首をつかんでシーツの上に押さえつける。すると、たっぷりした乳房がプルンッと揺れた。

とがり勃った乳首には唾液がたっぷり付着しており、妖しげな光をヌラヌラと放っている。これ以上ないほど充血して、紅色が濃くなっていた。

「こんなに硬くして、旦那さんも呆《あき》れてますよ」

健太郎の言葉を受けて、加代子は自分の乳房と仏壇を交互に見やる。そして、瞳をさらに潤ませた。

「そんな……ああっ、あなた、許してください」

　そう言いつつ興奮しているのは間違いない。腰をクネクネとよじらせて、おねだりするように健太郎を見つめた。

「も、もう……ああっ、もう我慢できません」

「なにが我慢できないんですか。はっきり言ってくれないとわかりませんよ」

　健太郎は内腿の間に手を滑りこませると、中指の腹を陰唇にあてがった。

「ああンっ、もうダメぇっ、ほしい、ほしいんです」

　とたんに湿った音が響いて、加代子が甘ったるい声をあげる。大量の華蜜が溢れており、グショグショに濡れていた。

「なにがほしいんですか」

　健太郎はなおも焦らしつづける。

　ここまで来たら、もっともっと乱れさせたい。そして、遺影の前で決定的な言葉を言わせたかった。

「健太郎さんのいじわる……これです、これがほしいんです」

　加代子は身体を起こすなり、ペニスにむしゃぶりつく。口に含んで、猛烈に首を振りはじめた。

「おおおッ……い、いやらしいですね」

突然のフェラチオに興奮する。ペニスが驚いたように跳ねあがり、我慢汁がどっと溢れた。

「あふっ……むふンっ」

加代子は鼻にかかった声を漏らして、ペニスを舐めまわしている。

健太郎が焦らしつづけた結果、こらえきれなくなって欲望が暴走をはじめたらしい。亀頭を飴玉のように舐めまわしては、唇で太幹をしごきあげる。カウパー汁がどんどん溢れるが、躊躇することなく喉を鳴らして嚥下した。

「ううッ、す、すごいですね。仏壇の前ですよ」

健太郎は未亡人の吸茎に酔いながら、わざと仏壇のことを口にする。

「ああンっ、お願いです。言わないでください」

加代子は恨めしげな目で見あげるが、ペニスは口に含んだままだ。そして、再び首を振りはじめる。さらにねちっこく舌を這わせては、射精をうながすようにチュウチュウと猛烈に吸いあげた。

「くうッ、そ、そんなにされたら……」

これ以上されたら暴発してしまう。

欲望が高まっているのは健太郎も同じだ。慌てて体を起こすと、加代子の顔を股間から引き剝がした。

「あンっ……」

唇からペニスがヌルッと抜け落ちる。フェラチオに没頭していた加代子は、不満げな声を漏らした。

「これがほしくないんですか」

健太郎は膝立ちになり、反り返ったペニスを見せつける。尿道口から透明な我慢汁が滾々《こんこん》と溢れて、濃厚な牡のにおいを放っていた。

「ほ、ほしい……ほしいです」

加代子が譫言のようにくり返す。そして、発情した瞳で、ペニスをじっと見つめた。

「それじゃあ、うしろから挿れてあげますよ」

健太郎はそう言うと、加代子に獣のポーズを取らせる。仏壇に顔を向けて尻を高く掲げた格好だ。

「ああっ、こんなのって……あんまりです」

加代子は夫の遺影を見つめてつぶやいた。

しかし、獣のポーズを崩すことなく、尻をしっかり後方に突き出している。熱い肉棒で貫かれる瞬間を心待ちにしているのは間違いない。

「本当にいやなら、やめましょうか」

背後に陣取ると、むちむちの尻たぶを撫でまわす。そして、亀頭を濡れそぼった割れ目に押し当てて、ヌルヌルと滑らせた。

「も、もう……あああっ」

「旦那さんの前で犯してほしいんですね」

「お、犯して……夫の前で犯してください」

加代子は這いつくばったままつぶやき、それだけで昇りつめそうなほど身体をガクガク震わせた。

「じゃあ、挿れますよ」

健太郎も最高潮に興奮している。ペニスの切っ先を膣口にあてがうと、根もとまで一気に埋めこんだ。

「はあああッ、い、いいっ」

「くおおおッ、し、締まるっ」

凄まじい快感が突き抜ける。

仏壇の前で未亡人をバックから貫いたのだ。激しく腰を振れば、瞬く間に愉悦が高まった。頭のなかで紅蓮《ぐれん》の炎が燃えあがり、無意識のうちにピストンが加速していた。

「き、気持ちいいっ、おおおおッ」

「あああッ、わ、わたしも……あああッ、もうイッちゃいますっ」

絶頂の大波が轟音《ごうおん》を響かせながら押し寄せる。ふたりは同時に高まり、息を合わせて腰を振り合った。

「ぬおおおッ、だ、出しますよっ、くおおおおおおッ！」

「出してくださいっ、あああッ、イ、イキますっ、はあああああッ！」

さんざん焦らしたのに、挿入してからはあっという間だ。健太郎が大量の精液を注ぎこむと、加代子もアクメのよがり泣きを響かせた。

第三章　ほしがる人妻

1

翌朝、味噌汁《みそしる》の香りで目が覚めた。

隣で寝ていたはずの加代子の姿がなかった。どうやら先に起きて朝食の支度をしているらしい。昨夜、健太郎が脱ぎ捨てた服は、きれいに畳んで枕もとに置いてあった。

三年前に妻を亡くして独り身の健太郎にとって、久しぶりに味わう家庭の雰囲気だ。

「おはようございます」

服を着てリビングに向かうと、キッチンに立っている加代子に声をかける。

「あら、もう起きたのですか。まだ寝ていてもよかったのですよ」

加代子はそう言って柔らかな笑みを浮かべた。

「おかげさまでぐっすり眠ることができました」

「健太郎さんったら……」

他意はなかったが、健太郎の言葉を聞いて加代子は頬をぽっと赤らめた。昨夜の激しい行為を思い出しているに違いない。健太郎も顔が熱くなるのを感じて、思わず視線をそらした。

「お時間があるのなら、今夜もお泊まりになりませんか」

さりげなさを装っているが、それは誘いにほかならない。

加代子の横顔には未亡人の淋しさが見え隠れしている。健太郎も伴侶を失った身だ。彼女の気持ちは痛いほどわかった。

「ありがとうございます。でも、人に会う約束があるんです」

丁重に断ると、加代子は視線をすっと落とした。

「大切な方がいらっしゃるのですね……」

そう言われて返答に窮してしまう。

加代子を傷つけたくなかったのもあるが、かつて片想いしていた女性に対する気持ちが自分でもよくわからなかった。

なにしろ、もう二十年も会っていないのだ。健太郎だけではなく、彼女の状況も大きく変わっているに違いない。

考えると複雑な気分だ。

とにかく、朝食をご馳走《ちそう》になると、後ろ髪を引かれる思いで別れを告げた。

再びレンタカーで走りはじめる。

秋田旅行は三日目に突入した。男鹿半島を目指して、今日もゆったりペースで北上する。連日、温泉に浸かっているせいか体調がいい。旅の疲れも感じることなく、快調に進んでいく。

途中、風力発電の風車がずらりと並んでいるのが見えた。壮観な眺めが旅の気分を盛りあげる。美女ふたりとセックスできたのも奇跡的で、最高の旅を満喫していた。

(腹が減ってきたな)

いつの間にか午後一時をすぎている。ちょうど食堂があったので、すかさず駐車場に乗り入れた。

その名もズバリ「秋田食堂」だ。

秋田を謳《うた》っている以上、地元の名物が食べられるに違いない。昼飯時をすぎているため店内は空《す》いていた。適当な席に座ってメニューを眺めていると、店員がお冷やを持ってきた。

「ご注文はお決まりですか」

朗らかな声が聞こえて顔をあげる。すると、そこには三十代前半と思われる女性が立っていた。

焦げ茶のスカートに割烹着《かっぽうぎ》という服装だ。茶色がかった髪が大きくカールしており、肩先で揺れている。一見地味だが、肉厚の唇が魅力的で視線が吸い寄せられた。

（またまた秋田美人のお出ましだ）

健太郎は少年時代に戻った気分で妄想する。

このぽってりした唇でペニスを咥えてもらったら、極上の快楽を味わえるに違いない。すぐこんなことを考えてしまうのは、身も心も元気になったなによりの証拠だった。

「迷ってるんですよね。地元のものが食べたいな」

淫らな気持ちを端に押しやり、あらためてメニューに視線を向ける。

「きりたんぽ鍋はいかがですか」

彼女はそう言って、柔らかな微笑を浮かべた。

ふらりと立ち寄った食堂に、これほど惹かれる女性がいるとは驚きだ。とにかく肌が白くて染みがひとつもない。触れなくても、きめ細かくてなめらかな肌だとわかる。秋田はまさに美人の宝庫だ。

「きりたんぽですか。そういえば、まだ食べてなかったな」

健太郎がつぶやくと、彼女は瞳を輝かせた。

「もしかして、ご旅行ですか」

「そうなんです。東京から来ました」

「それなら絶対にオススメです。比内《ひない》地鶏ときりたんぽが、すごくおいしいんですよ。最後はせりをたっぷり入れます」

「それじゃあ、お願いしようかな」

熱心に説明してくれるので、きりたんぽ鍋を注文した。

ほどなくして運ばれてきた料理は、オススメだけあってじつに美味だった。東京で食べたことはあるが、本場のものはやはりうまい。とくに、せりがシャキシャキしていて、癖になる味わいだった。

「いかがでしたか」

先ほどの店員が食器をさげに来た。

「おいしかったです。せりって、うまいんですね」

「よかったです。うちの鍋は精力アップになるって評判なんですよ」

肉厚の唇でそんなことを言われるとドキドキしてしまう。どう返せばいいのかわからず、笑ってごまかすしかなかった。

「どちらまでいらっしゃるのですか」

「男鹿半島です。知り合いが住んでいるので会いに行くんです。どうせならと思って、レンタカーで秋田を旅しています」

「素敵ですね。今日はどちらに泊まるのですか」

彼女は興味津々といった感じだ。魅惑的な唇で質問されているせいか、悪い気はしなかった。

「これから決めます。行き当たりばったりの旅を楽しんでいるんです」

「泊まる場所を決めない旅行って、楽しそうですね」

「女房が生きていたら心配して許してくれなかったと思いますけど、今はひとりだから自由なんです」

健太郎が自分のことを話すと、彼女はなにやら考えこむ。そして、再び口を開いた。

「近くにオススメの温泉宿がありますよ」

「ほう、いいですね」

ここのところ温泉に浸かっているせいか疲れ知らずだ。愚息も元気になったので、今夜も温泉宿にしようと思っていた。

「ちょうどパートが終わる時間なんです。よかったらご案内しましょうか」

「えっ、いいんですか」

一気にテンションがあがる。

出会う女性たちはみんな美しくて親切だ。どうやらこの旅行はツイているらしい。せっかくの申し出を断る理由はない。

数分後、ふたりはレンタカーに乗り、温泉宿を日指していた。

すでに簡単な自己紹介をすませている。彼女は海野《うんの》佳純《かすみ》、三十一歳の人妻だという。

「日帰り温泉もやっていて、地元の人もよく利用しているんですよ」

「なるほど。地元の人に愛されているということは、よい温泉なんですね」

「そうだと思います。若返りの秘湯って呼ばれているんですよ」

佳純はさらりと言うが、健太郎の心はざわついた。

（まさか、また若返りの秘湯かよ）

思わず助手席をチラリと見やる。

すると、佳純が熱い眼差《まなざ》しをこちらに向けていた。ふたりの視線が重なり、股間がズクリと疼く。そのとき、白いブラウスを内側から押しあげている乳房がタプンッと揺れた。

2

（まさか、混浴だったなんて……）

健太郎は緊張しながら温泉に浸かっていた。

宿は見るからに年季が入っていたので期待していなかったが、温泉は思いのほかしっかりしている。大きな岩を組み合わせた造りの露天風呂がウリらしい。しかも混浴だというから、なおさら素晴らしい。

岩風呂の広さもかなりのものだ。湯けむりがもうもうと漂っており、あたりはまっ白になっていた。

（でも、どうして佳純さんまで……）

健太郎の隣では、なぜか佳純も温泉に浸かっているのだ。

「いい湯ですね」

「え、ええ……」

にっこり微笑みかけられて、健太郎はひきつった笑みを返した。

温泉宿まで案内してもらうと、佳純も日帰り温泉を利用すると言い出した。そこではじめて、混浴だと知ったのだ。

いっしょに入りましょうと言われて、思わず拳をグッと握りしめた。

(今の俺はツキまくってるぞ)

馬券を買っていれば大当たりしたかもしれない。

呑気《のんき》にそんなことを考えていたが、いざ佳純と並んで温泉に浸かると、目のやり場に困ってしまう。

佳純はなぜか肩まで浸からないため、乳房の上部がかなり露出している。

さっと確認したところ、大きすぎず小さすぎず、ほどよいサイズだ。いけないと思っても、ついつい横目でチラ見してしまう。白い柔肌が作るふくらみと谷間が気になって仕方ない。

(す、すごい……)

今にも乳首が見えそうだ。

佳純がほんの少し身体を浮かせるだけで、バストトップが湯から出現するだろう。見えそうで見えないところがもどかしい。無意識のうちに目を凝らすが、湯が揺らめいており、乳首は見えなかった。

「はぁっ、気持ちいい」

佳純が独りごとをつぶやくが、その声が妙に色っぽい。

(誘ってるわけじゃないよな)

そんなことを思ってしまうのは、距離がやけに近いことも関係している。

佳純はあとから入ってきたのに、平気で健太郎の肩に触れているのだ。最初はたまたまだと思ったが、健太郎が少し離れると、彼女のほうから寄ってくる。白い肩をわざと押し当てているのだ。

「わたしの夫、単身赴任中なんです」

なんの脈絡もなく、佳純が遠い目をしてつぶやいた。

「もう一年になるんですけど、最近あまり帰ってこなくなったんです。どうやら単身赴任先に愛人がいるみたいで……」

なにやら、おかしな話になってきた。

愚痴りたいだけなのか、それともアドバイスがほしいのだろうか。健太郎は返答に困って黙りこんだ。

「だから、わたしも浮気をしてやろうと思ってるんです」

思いがけない言葉が飛び出した。

冗談かと思ったが、佳純の表情は真剣そのものだ。夫への意趣返しを本気で考えているらしい。

(それって……)

もしかしたら健太郎と浮気をするつもりで、こうして混浴しているのではないか。密着度合からして、そう考えるのが自然な気がした。

「でも、都合のいい浮気相手って、なかなかいないものですね。紹介してもらいたいくらいです」

「か、佳純さん……」

緊張しつつも顔を横に向けて、佳純の目をまっすぐ見つめる。

「ああっ……」

そのとき、どこかで女性の声が聞こえた。

なにやら艶めかしい響きだ。湯けむりのなかに目を凝らすと、岩風呂の奥にふたりの人影が見えた。

3

「あンっ、待って、人がいるよ」

「大丈夫だよ。湯けむりで見えないって」

「でも、ここでは……ああンっ」

男女の会話がはっきり聞こえる。

まだ外は明るいが、湯けむりが立ちこめているため視界は悪い。露天風呂の奥に人がいたことに、まったく気づかなかった。

「若いカップルみたいですね」

隣で湯に浸かっている佳純がつぶやいた。

他にも人がいるとわかったのに、健太郎に密着したまま動かない。人目が気にならないのだろうか。いや、もしかしたら人がいるとわかったことで、ますます気分が高揚しているのかもしれない。

その証拠にますます身体を寄せると、腕と腕をからませる。健太郎の肘が乳房に触れて、蕩けるような柔らかさが伝わった。

「ちょ、ちょっと、なにやってるんですか」

健太郎は思わず体を引くが、腕をしっかりつかまれている。強く抱きつかれて、肘《ひじ》が乳房にプニュッとめりこんだ。

「いいじゃないですか。そんなことより、あっちを見てください」

佳純が露天風呂の奥に視線を向ける。

緩やかな風が吹いたことで湯けむりが少し流されて、カップルの姿がうっすらと見えた。

「ああンっ……恥ずかしいよ」

「恥ずかしいから、いいんだろ」

二十代と思《おぼ》しきカップルだ。

ふたりは並んで岩に寄りかかって肩まで湯に浸かり、濃厚な口づけを交わしていた。

女性は黒髪をアップにまとめてゴムで縛っている。見た目はおとなしそうな顔立ちだ。清楚《せいそ》なお嬢さまといった雰囲気で、人前でキスをするようなタイプには見えなかった。

それに対して男は金髪でいかにもチャラチャラしている。チンピラなのか、バンドマンなのか、それともホストなのか。いずれにしても、あまりいい感じがしなかった。

どう見てもアンバランスなカップルだ。

彼女はまじめな感じなのに、どうしてこんなチャラい男といっしょにいるのだろうか。経緯《いきさつ》を知るはずもないが、とにかく舌をからませては、ピチャピチャと唾液を弾かせていた。

「ねえ、竜二《りゅうじ》くん、見られてるよ」

こちらの視線に気づいたらしい。女性がキスを中断して、抗議するようにつぶやいた。

「減るもんじゃねえだろ。どうせなら麻友《まゆ》の身体を見せつけてやろうぜ」

竜二と呼ばれた男はそう言うと、女性の手を取って立ちあがった。

とたんに麻友という女性の張りつめた乳房と、ぐっしょり濡れた陰毛が剝き出しになる。若さ溢れる瑞々しい裸体だ。

「み、見られちゃう」

「いいから、そこに座れって」

麻友が抗議するが、竜二はいっさい聞く耳を持たない。浴槽を形作っている岩のひとつに麻友を座らせると、膝を無理やり左右に開かせた。

「ああっ、ダメぇっ」

鮮やかなピンクの割れ目が露になる。

しかし、麻友は顔をそむけるだけで隠そうとしなかった。案外、この状況に興奮しているのかもしれない。その証拠に、竜二に内腿を撫でられても、麻友は脚を開いたままで閉じなかった。

「じっくりかわいがってやるからな」

竜二の指先が内腿を這いまわり、やがて恥裂にそっと触れる。すると、麻友は身体をヒクヒクと小刻みに震わせた。

「あっ……ああっ」

「なんだかんだ言って、濡れてるじゃないか」

「ああンっ、だって……」

麻友が消え入りそうな声でささやき、物欲しげな瞳を竜二に向ける。唇は半開きになっており、乱れた息が漏れていた。

「あっ……ま、待って、ああっ」

「もう我慢できなくなったのかよ。まったく、しょうがねえな」

竜二はおおげさな声をあげると、右手の中指を膣口に埋めこんだ。

「ああああッ」

とたんに麻友は白い内腿を震わせて、甘い声を振りまいた。

「これがほしかったんだよな。二本にしてやるよ」

竜二は唇の端に笑みを浮かべると、人さし指もいっしょに挿入する。

目を異様にギラつかせており、興奮しているのは明らかだ。ふたりはつき合っているのだろうか。どういう関係かはわからないが、少なくとも心から愛し合っているようには見えなかった。

「そ、そんなにされたら……はああッ」

麻友の声がどんどん大きくなる。

露天風呂だというのに興奮を抑えられないらしい。岩に腰かけて脚を大きく開き、男の指を二本も膣に挿入されていた。

「すごく締まってるぞ、おまえのオマ×コ」

竜二は卑猥《ひわい》な単語を口にすると、指をゆったり出し入れする。とたんに女体が敏感そうにビクビクと痙攣した。

「ああッ、う、動いてる……あああッ」

麻友は今にも昇りつめそうな声を漏らす。よほど感じているのか、岩の上で身体を仰け反らせた。

「すごい……あの娘《こ》、あんなに……」

佳純がつぶやき、頰を赤らめる。

若いカップルがイチャつく現場を目撃して、興奮しているに違いない。呼吸が荒くなっており、さらに力をこめて健太郎の腕にしがみついた。

その結果、肘が乳房に深くめりこんでしまう。痛くないのか、心配になるほど乳房がひしゃげていた。

(なんて柔らかいんだ……)

健太郎は内心うっとりしている。

どうせなら、乳房の感触をもっと堪能したい。だから、あえてなにも言わずにじっとしていた。

露天風呂の奥では相変わらずカップルの愛撫がつづいている。竜二が指をピストンさせることで、麻友が腰をよじらせた。

(どうして、人がいるのに堂々と……)

カップルの行動が信じられない。心のなかで非難しつつも、まじまじと凝視してしまう。

4

「ああンっ、も、もうダメぇっ」

「こんなに濡らしてるクセに、なにがダメなんだ」

「だ、だって……あああッ、恥ずかしいのに感じちゃうの」

麻友が甘ったるい声で訴える。

そして、命じられたわけでもないのに両足を湯からあげると、岩の上に足の裏をそっと乗せた。そうすることでM字開脚の状態になり、股間が完全にさらされる。少し離れた佳純と健太郎の位置からでも、指を二本も挿入されている膣口が確認できた。

「素直になってきたじゃないか。見られて興奮してるんだな」

竜二が片頬に笑みを浮かべる。

「う、うん、興奮しちゃう……あああッ」

麻友が震える声でつぶやく。

おとなしそうな顔をしているが、すっかり快楽の虜《とりこ》になっていた。竜二の手によって、身体を開発されたのかもしれない。

「どうして、あんな男と……」

健太郎は素朴な疑問を口にする。

竜二はチンピラまがいだが、どこに魅力を感じるのだろうか。ワルに惹かれる女性の心理が、まったく理解できなかった。

「彼がどんな人間かは関係ないんです。ここは若返りの秘湯ですから、仕方ないですよ」

佳純が独りごとのようにつぶやいた。

どういう意味なのかわからない。若返りの秘湯の効能で、元来はまじめな麻友も発情したと言いたいのだろうか。

「まさか性欲が増進するわけじゃないですよね」

冗談まじりに言っただけだが、佳純はこっくりうなずいた。

「どんなに生真面目《きまじめ》な男性でも、どんなに貞淑な女性でも、性欲を抑えられなくなると言われています」

「まさか、そんな……ううっ」

健太郎の声は、途中で呻き声に変わった。湯のなかで佳純がペニスに指を巻きつけたのだ。

「ちょ、ちょっと……」

「ほら、こんなに硬くなってるじゃないですか」

そうつぶやく佳純の瞳はねっとり潤んでいる。発情しているのは、確認するまでもない。

「どうして、こんなに硬くなってるんですか」

佳純が目をじっと見つめながら質問する。硬さを確かめるように、ペニスに巻きつけた指にニギニギと力をこめた。

「すごく硬いです。どうしてですか」

「そ、それは、彼らを見たから……ううっ」

健太郎は呻きながら視線を露天風呂の奥に向けた。そこでは若いカップルが淫らな行為に耽っている。

「ああンっ、わたしにも触らせてよ」

麻友が手を伸ばすと、竜二は勃起したペニスをグッと突き出す。すると、彼女はすかさず太幹をしっかり握った。

「これがほしくなったんだろう」

「そ、そんなこと……」

麻友はしきりに照れながらも、ペニスをしごきはじめる。慣れていないのか、手つきはぎこちない。それでも興奮にまかせて、懸命に指をスライドさせた。

「この温泉に入ると、誰でもあんなふうに興奮しちゃうんですよ」

「そ、そんなバカな……」

あり得ないと思うが、佳純がまじめな顔で語るので笑い飛ばせない。本気で信じているのだろうか。

「健太郎さんも興奮してるじゃないですか」

佳純も湯のなかでペニスをしごきはじめる。とたんに甘い刺激がひろがり、体がブルルッと震えた。

「こ、これは違う……」

健太郎の声は小さくなっている。

温泉の効能ではないと言いきれない。実際、秋田で温泉に入るたび、ペニスは元気になっていた。

「お、俺は……彼らみたいに発情していないじゃないか」

若返りの秘湯に入るのは三度目だが、あのカップルのように見境なく興奮しているわけではない。

「ふたりは若いです。ただでさえ元気な若者が、若返りの秘湯に浸かると、どうなると思いますか」

佳純の言葉にドキリとする。

年配の人が若返るというのは、おとぎ話としてはありそうな話だ。では、若い人は赤子のようになってしまうのだろうか。

「元気になりすぎて、発情したままになるんです」

まったく予想外の言葉だった。

例によって佳純はまじめな顔をしている。現実離れした話だが、信じているのは間違いない。

「発情したままって、いくらなんでも……」

「地元では、みんな知っている話ですよ」

そう言われて、健太郎は黙りこんだ。

（ということは……）

思わずカップルに視線を向ける。

お嬢さま然とした麻友と、見るからに軽薄そうな竜二の組み合わせに、新たな疑念が浮かんだ。

竜二は地元の男で、麻友は別の地域に住んでいるのではないか。

竜二は若者が発情するのを知っていたが、そのことを隠して麻友をこの温泉に誘ったのかもしれない。そして、温泉に浸かったことで発情させられた。そう考えると、麻友は遊ばれているだけの気がした。

「ああッ、ほしい……ほしいです」

「あとでたっぷりぶちこんでやる。とりあえず、指で軽くイッときな」

竜二の指の動きが激しさを増している。膣口から愛蜜が飛び散っているのが遠目にもわかった。

「ああッ、ああッ、い、いいっ」

喘ぎ声が大きくなる。騙されて連れこまれたのかもしれないが、麻友が感じているのは事実だ。

「よし、イッていいぞ」

竜二の声が引き金になったのか、女体に激しい痙攣がひろがった。

「も、もうダメですっ、あああぁッ、はあああぁッ！」

ついに麻友はよがり泣きを振りまいて、快楽の頂点に昇りつめていく。身体を大きく仰け反らせると同時に、股間から透明な汁がプシャアアッと勢いよく飛び散った。

（潮まで噴いて……）

健太郎は心のなかでつぶやいた。

露天風呂だというのに、麻友はM字開脚で潮を噴きながら達したのだ。

この状況で昇りつめるとは、どう考えても普通ではない。やはり温泉が影響しているのだろうか。麻友は恍惚《こうこつ》の表情を浮かべたまま、竜二に手を引かれて露天風呂から出ていった。

「すごかったですね」

佳純の瞳はねっとり濡れている。

カップルの生々しい姿を目にして、佳純も健太郎も高揚していた。竜二と麻友はいなくなったが、からみつくような淫らな空気はそのままだ。この場にいるだけで影響を受けそうだ。

「健太郎さんも興奮してるんですね。すごく硬くなってますよ」

佳純は湯のなかでペニスを握り、ゆるゆるとしごいている。

「くううっ、こ、ここではまずいですよ」

健太郎は人目を気にしてつぶやいた。

興奮しているのは確かだが、ここでは落ち着かない。露天風呂だと思うと、どうしても気になる。若いカップルのように自由奔放には振る舞えない。いつ誰に見られるかわからないのだ。

「俺には無理です……」

「ここは若返りの秘湯です。もし誰かに見られたとしても問題ありません」

佳純はそう言って、ペニスをしごくスピードをあげる。

「ううッ、ま、待ってください」

「どうしたんですか。イカせてあげますよ」

ほっそりした指から、快感が次から次へと紡ぎ出される。しかし、完全に身を委《ゆだ》ねることはできなかった。

「か、佳純さんには旦那さんが……」

快楽に溺《おぼ》れかけているが、佳純が人妻だということを忘れたわけではない。既婚者だと思うと、無意識のうちに心のブレーキがかかった。

5

「さっきも言いましたけど夫は浮気をしています。わたしも、同じことをしないと気がすまないんです」

佳純は悲しげな顔になると、健太郎の目をじっと見つめる。

「お願いします。一度だけでいいので、わたしを抱いてください」

悲痛な声だった。

懇願されると無碍《むげ》にはできない。しかし、一方で佳純はペニスをしごきつづけている。言葉と行動が一致していない。どこかアンバランスな気がして、健太郎は困惑を隠せなかった。

「こ、ここで……ですか」

「今すぐほしいんです」

どうやら本気らしい。佳純は一歩も引こうとしない。

健太郎もわけがわからないまま興奮している。この状況でそんなことを言われたら断れるはずがない。ペニスはますます硬くなり、湯のなかで我慢汁をまき散らした。

(こうなったら、遠慮しても仕方ないな……)

健太郎も手を伸ばして、佳純の股間に指を這わせる。温泉で充分に温まったせいか、陰唇は驚くほど柔らかくなっていた。

「あンっ……いっぱい触ってください」

佳純は早くも甘い声を漏らしている。カップルの行為を見て、かなり昂っていたに違いない。

「もうヌルヌルになってますよ」

湯のなかだというのに、陰唇が華蜜で濡れているのがわかった。温泉とは異なるヌメリのある汁が、たっぷり付着している。

「ああっ……すごく興奮してるんです」

佳純は触りやすいように脚を少し開いてくれる。その結果、手が股の奥まで入り、指先で陰唇を的確に捉えることができた。

「ああンっ」

「見つけましたよ。ここが感じるんですね」

膣口を探り当てると、中指の腹をそっと押しつける。すると、女体がビクッと反応した。

「指を挿れてもいいですか」

「そ、そんなこと聞かないでください」

佳純は恥ずかしげにつぶやき、握ったままのペニスをグイグイしごく。

「くううッ、お、俺も、もう……」

それならばと健太郎は指を膣に埋めこんだ。愛蜜でヌメる女壺は、歓迎するように指を根もとまで受け入れてくれた。

「あああッ、健太郎さんの指が……」

佳純の甘い声が露天風呂に響きわたった。

湯のなかで互いの股間を愛撫する。健太郎が膣に埋めこんだ指をピストンさせれば、佳純はペニスをシコシコと擦りあげた。

「す、すごい、おおおッ、すごいですよ」

「け、健太郎さん、はあああッ」

ふたりの声が重なることで、興奮が加速してふくれあがる。

もはや昇りつめることしか考えられない。互いの股間を刺激して、無我夢中で快楽を追い求める。

「ううッ、も、もう出そうだ」

「あああッ、わ、わたしもイキそうです」

健太郎も佳純も気持ちは同じだ。

急速に絶頂が近づいている。ふたりの手の動きが加速して、互いの性器を猛烈に刺激した。

「ああああッ、も、もっと、もっとくださいっ」

「か、佳純さんっ、おおおおおッ」

視線を重ねて、ひたすらに手を動かしつづける。

与えられる快感が大きければ、自然と与える刺激も大きくなる。絶頂の大波がいよいよ目前に迫っていた。

「ぬううッ、で、出るっ、ぬおおおおおッ！」

健太郎は唸り声をあげながら下半身を震わせる。湯がバシャバシャと飛び散るなか、思いきり欲望を解き放つ。その直後、温泉のなかに白濁液がモワモワとひろがった。

「あああッ、い、いいっ、気持ちいいですっ、はあああああッ！」

佳純も腰をよじりながら昇りつめていく。膣に埋まった健太郎の指を締めつけて、背中を思いきり反り返らせた。

6

「すごいです。こんなにいっぱい……」

佳純が呆けたような表情でつぶやいた。

湯のなかに漂う白濁液をぼんやり見つめている。瞳はねっとり潤んでおり、半開きの唇からは艶めかしい息が漏れていた。

ふたりとも絶頂に達した直後だが、佳純の指はペニスにしっかり巻きついたままだ。ニギニギと刺激されて、さらなる快感がこみあげた。

「ううっ、ちょ、ちょっと今は……」

健太郎は呻きまじりにつぶやき、腰をブルルッと震わせる。最後の一滴が尿道口から溢れて、湯のなかにモワッとひろがった。

「これは、さすがにまずいな……」

股間あたりに漂っている白濁液を目にして、焦りがこみあげた。

興奮に流されるまま、思いきり欲望を解き放った。その結果、自分でも驚くほど大量の精液を放出していた。精力旺盛《おうせい》だった若いころでも、この半分にも満たなかったと思う。

今、誰かが露天風呂に入ってきたら、ひと目で異変に気づくに違いない。

(やばいな……それにしても、どうしてこんなにたくさん……)

自分の体になにかが起きているのは間違いない。

勃起力が弱まっていたペニスが元気になっただけではなく、精液の量も異常なほど多い。さらには性欲も強くなっており、持続力も若いころとは比べものにならなかった。

(もしかしたら、本当に……)

若返りの秘湯の効能なのかもしれない。

最初はまったく信じていなかったが、秋田に来てから明らかに精力が増強していた。今も大量に射精したのに、ペニスは萎えることを忘れたようにそそり勃ったままだ。かつてないほど雄々しく屹立している。

「すごく濃厚ですよ。指にからみついてます」

佳純はペニスを握ったまま、もう片方の手で湯のなかに漂う精液をもてあそんでいる。いつ誰が入ってくるかもわからないのに、まるで気にしていない。どうして、そんなに余裕でいられるのだろうか。

「やばいですよ。今のうちに桶《おけ》でかき出します」

健太郎が腰を浮かしかけると、佳純が太幹をキュッと握って動きを制した。

「そんなことはしなくても大丈夫です。新しいお湯がどんどん注がれていますから、精液は自然に流れていきます」

「でも、早くしないと誰かに見られたら……」

精液が湯のなかに漂っているのを、人に見られるわけにはいかない。だが、佳純は微笑を浮かべてペニスをゆるゆるとしごきはじめた。

「この温泉ではよくあることです。若返りの秘湯に浸かれば、みんな元気になってしまうのですから」

佳純の唇には妖しげな笑みが浮かんでいる。

（もしかして……）

健太郎は喉もとまで出かかった言葉を、ギリギリのところで呑みこんだ。

佳純は以前にも男をこの温泉に連れこんでいるのではないか。まったく動じない姿を見ていると、そうとしか思えない。

「まだ何回でも発射できそうですね」

佳純はピンク色の舌先をのぞかせて、意味深に唇をペロリと舐めた。

7

「立ちあがって、そこの岩に手をついてください」

佳純がペニスをゆったりしごきながら、耳もとでささやいた。

危険だと思いつつ、健太郎は露天風呂のなかで立ちあがり、湯船を形作っている大きな岩のひとつに両手をついた。

「誰かに見られたら……」

「この温泉なら大丈夫ですよ。さっきのカップルも盛りあがっていたじゃないですか」

「で、でも、やっぱりまずいですよ」

健太郎の抵抗は口先だけだ。

ペニスを握られているので甘い快感が絶えずひろがり、声が情けなく震えてしまう。さらなる淫らなことが起きそうで、期待に胸がふくらんでいた。

今は両手を岩について腰を九十度に折り、尻を後方に突き出した格好になっている。まるで立ちバックをするときの女性のようで恥ずかしいが、同時に経験したことのない新鮮な興奮も覚えていた。

「すごくエッチな格好になってますよ」

佳純は背後でしゃがんで湯に浸かると、健太郎の脚の間から右手を入れてペニスを握り直した。

「な、なにを……」

「わたしにまかせてください。健太郎さんは立っているだけでいいですよ」

含み笑いとともにささやき、ほっそりした指で太幹をシコシコしごく。左手は尻たぶにあてがって、やさしく円を描くように撫ではじめた。

「こ、こんな格好で……」

健太郎は完全に受け身の状態だ。立ちバックのようなポーズを取らせて、なにをするつもりだろうか。

「こうすると、みんな悦んでくれるんです」

「みんなって……」

健太郎は尻を突き出したまま思わず絶句した。

佳純の言葉から、男を誘うのはこれがはじめてではないと確信する。

夫が浮気をしていると言っていたが、淋しさから男漁《あさ》りをしているのではないか。それがいつしか楽しみになっているのかもしれない。食堂で働きながら、めぼしい男を物色しているような気がした。

「いっぱい気持ちよくなってくださいね」

佳純はそう言うと、尻たぶを撫でていた左手の指先を臀裂に潜りこませる。

「ちょ、ちょっと——くううッ」

いきなり肛門を撫でられて、条件反射で全身の筋肉が硬直した。

「すごい反応ですね。お尻はお好きですか」

佳純は楽しげにささやきながら右手でペニスをしごき、左手では尻穴をマッサージする。

「し、尻は……ううううッ」

凄まじい衝撃が脳天まで突き抜けた。

敏感な二カ所を同時に刺激されて、もはや呻くことしかできない。とくに肛門は温泉に浸かったことで柔らかくなっている。そこをクニクニと圧迫されて、ついには指先がツプッと沈みこんだ。

「ひぐううッ」

たまらず裏返った声が漏れてしまう。

肛門に指を挿入されるのは、これがはじめての経験だ。妖しげな刺激が突き抜けて、ペニスがビクンッと跳ねあがった。

「気持ちいいんですね。出してもいいですよ」

佳純が指の動きを加速させる。

ペニスをしごきながら、尻穴に埋めこんだ指をピストンするのだ。未知の快感が次から次へと押し寄せて、心の準備がまったくできない。あっという間に、頭のなかがまっ白になった。

「おおおおッ、で、出るっ、おおおおッ、くおおおおおおおッ！」

噴き出した精液が、目の前の岩を直撃する。さらには湯の上にボタボタと落下した。全身がバラバラになりそうな快感だ。肛門が勝手に収縮して、彼女の指を絞りあげた。

「あぁっ、すごいです。さっき出したばっかりなのに、またこんなにいっぱい出るなんて……」

佳純がうっとりした表情でつぶやく。

射精に導いたのに、まだ愛撫をやめようとしない。尿道に残っている精液まで絞り出すように太幹をしごきつづける。快感がどこまでも高まり、健太郎はまるで感電したように全身をガクガク震わせた。

「ううっ……こ、今度は俺の番ですよ」

濃厚な愛撫を受けて射精したが、興奮が鎮まることはない。むしろ欲望の炎はますます勢いよく燃えあがった。

「佳純さんが両手を岩についてください。尻を突き出すんです」

場所を入れかわると、佳純に立ちバックのポーズを取らせる。

だからといって挿入するわけではない。まずは濃厚な愛撫のお返しをするつもりだ。

「恥ずかしいです……」

佳純は頬を赤く染めてつぶやいた。

先ほどまで健太郎のペニスをしごいて、尻穴まで愛撫していたのに、自分が受け身になったとたんに羞恥を訴える。そんな彼女の反応が、牡の欲望を刺激してやまない。

おそらく、佳純は男を興奮させるツボをわかっている。人妻でありながら、かなりの人数と交わってきたに違いなかった。

「悪い奥さんですね」

健太郎は背後から覆いかぶさり、ほどよいサイズの乳房を揉みあげる。柔肉に指をめりこませては、先端で硬くなっている乳首をやさしく転がした。

「ああンっ、そ、そこ、感じちゃいます」

佳純が身をよじり、むっちりしたヒップをグイッと突き出す。

挿入を求めているのは明らかだが、すぐには挿れない。じっくり焦らして楽しむつもりだ。

健太郎は彼女の背後でしゃがむと、両手で尻たぶを揉みあげる。尻肉の柔らかさを堪能してから、臀裂をグイッと割り開く。すると鮮やかなピンクの陰唇と、黒っぽく色素沈着した肛門が剝き出しになった。

「ああっ、み、見ないでください」

佳純は慌てて身をよじるが、抵抗は弱々しい。

本当は見られて興奮しているに違いない。その証拠に、陰唇はとろみのある液体で濡れていた。

「グショグショになってるじゃないですか」

「そ、それは、お、温泉です……」

「これのどこが温泉なんですか」

陰唇に熱い息をフーッと吹きかける。たったそれだけで、割れ目から新たな蜜がじんわり滲んだ。

「ま、待ってくださ——ひあぁッ」

次の瞬間、佳純の唇から裏返った嬌声が響きわたる。

健太郎が尻穴にむしゃぶりついたのだ。それと同時に右手の中指を膣にずっぽり挿入して、敏感な粘膜を刺激した。

「さっきのお返しです。佳純さんも尻の穴が感じるんでしょう」

声をかけながら、舌先で肛門を圧迫する。唾液をたっぷり塗りつけて、ネロネロとねぶりまわした。

「あああッ、ダ、ダメですっ、はあああッ」

温泉に浸かって柔らかくなった尻穴は、いとも簡単に舌先を受け入れる。とたんに佳純の背中が反り返り、膣が収縮して指を締めつけた。すかさず指をヌプヌプ出し入れすると、女体が激しく震え出す。

「ひいいッ、イ、イクッ、イクッ、ひあああああッ！」

双つの穴を同時に責めれば、ひとたまりもない。佳純のアクメの声が露天風呂に響きわたった。

8

佳純は艶めかしい嬌声を響かせて昇りつめると、力つきて湯船のなかにしゃがみこんだ。

「おっと、大丈夫ですか」

健太郎は慌てて彼女の腰を支えながら、いっしょに肩まで湯に浸かった。

まさか露天風呂でイカせ合うとは思いもしない。いつ誰が来るかわからない場所での戯れは、じつに刺激的な体験だった。

ふたりとも二度ずつ絶頂に達している。それにもかかわらず、ペニスはまだ勃起したままだ。

(どうして、こんなに……)

健太郎は己の股間を見おろして、心のなかでつぶやいた。

なにしろ二度も射精したのだ。しかも、精液の量は驚くほど多かった。

普通なら疲労困憊《こんぱい》で、眠気が襲ってきてもおかしくない。ところがペニスは湯のなかで雄々しく反り返っている。眠くなるどころか精力はまだまだ有りあまっていた。

普通ではなかった。これほど元気になったのは、やはり若返りの秘湯の効能としか思えない。このままセックスしたいところだが、さすがに露天風呂ではまずいだろう。

(部屋に誘ってみるか。いや、でも……)

脳裏に浮かんだ考えを慌てて打ち消した。

仮にも佳純は人妻だ。夫は浮気をしているらしいが、だからといって彼女まで不貞を働いていいわけではない。ましてや、こちらから誘うのは、まずい気がした。

「奥に行きませんか」

佳純はそう言うと、健太郎の手を握って立ちあがる。そして、広い露天風呂のなかを歩いて奥に向かうと、再び湯のなかに裸体を沈めた。

ここは先ほど若いカップルがイチャイチャしていた場所だ。どうして佳純はこんな奥に連れてきたのだろうか。

「健太郎さん……わたし、火がついてしまいました」

佳純がぽつりとつぶやいて、湯のなかで裸体を寄せる。肩が触れ合ったと思ったら、乳房が肘に押しつけられた。

「身体が疼いて仕方がないんです」

横座りした格好で、内腿をもじもじ擦り合わせる。佳純を中心にして、湯に波紋がひろがった。

（きっと、佳純さんも温泉で……）

健太郎は思わず生唾を飲みこんだ。

佳純も二度、絶頂に達しているが、まだ満足していないらしい。どうやら温泉の効能により、精力がアップしているようだ。若返りの秘湯は、男だけではなく女性にも絶大な効果があるのは間違いない。

「ねえ、健太郎さん……」

佳純が至近距離から熱い眼差しで見つめている。

人妻のお誘いだ。ほんの少しうなずくだけで、人妻と後腐れのないセックスができるのだ。

「か、佳純さんには、旦那さんが……」

健太郎はかすれた声でつぶやいた。

本当はセックスしたくてたまらない。だが、まだ理性が働いており、胸に罪悪感がこみあげていた。

「わたしが人妻だから遠慮してるんですか」

「だって、まずいでしょう」

「今さらじゃないですか。それにオチ×チン、こんなに大きくなってますよ」

湯のなかでペニスをやさしく握られて、とたんに理性がグラグラと大きく揺らいだ。

「ああっ、硬いです」

佳純が喘ぐようにつぶやきながら、ペニスをゆったりしごきはじめる。

「ううっ……」

甘い刺激がひろがり、健太郎は思わず呻いた。

その直後、露天風呂の入口の引き戸が、ガラガラと開く音が聞こえた。ドキリとして、一気に緊張感が高まった。

「ここですよ。すごく広くて素敵でしょう」

若い女性の声だ。

「へえ、こんなにきれいな露天風呂があったんだ」

つづいて聞こえてきたのは中年と思われる男性の声だ。

「やばい、誰か入ってきましたよ」

健太郎は小声でささやいた。

ところが、佳純はまるで聞く耳を持たない。それどころか、ますますペニスを激しくしごき出す。湯がチャプチャプと音を立てて、気づかれるのではないかと心配になった。

「ま、まずいですって」

「忘れちゃったんですか。ここは若返りの秘湯ですよ。これくらいのこと、当たり前ですから」

佳純は唇の端に妖しげな笑みを浮かべていた。

「で、でも……」

「ほら、あの人たちも目的は同じですよ。あんな年の差カップル、おかしいと思いませんか」

そう言われて、湯けむりの向こうで露天風呂に浸かっているカップルに視線を向ける。

二十代前半と思しき若い女性と中年男の組み合わせは確かに奇妙だ。湯船のなかで身を寄せ合って、やけに親密な感じがした。

「わかりますよね。ここはそういう場所なんです」

「この温泉って、もしかして……」

脳裏に浮かんだ疑問を口にする。

この温泉は淫らな行為ができる場所として、地元では知られているのではないか。これまでの若返りの秘湯とは、明らかに雰囲気が違っている。

「ここは若返って楽しいことをする温泉です」

佳純は楽しげに目を細めると、右手でペニスをしごきながら、左手で健太郎の手を取った。そして、自分の股間へと引き寄せる。

「わたしにも、してください」

「で、でも、人が……」

先ほどまでは自分たちだけだったが、今はほかにも客がいるのだ。躊躇してつぶやくが、佳純は健太郎の指先を強引に陰唇へと押しつけた。

「あンっ、ここがほしがってるんです」

瞳をねっとり潤ませて、ペニスをリズミカルにしごきつづける。健太郎の指先には柔らかい陰唇が触れており、湯のなかでも華蜜のとろみをしっかり感じ取っていた。

「濡れてるの、わかりますか」

「わ、わかります……せ、せめて部屋に行きませんか」

健太郎はこの温泉宿に部屋を取っている。客室なら人目を気にせず、セックスに没頭できるはずだ。

「なにを言ってるんですか。ここでするから興奮するんですよ」

驚いたことに、佳純は見られながらセックスしたいらしい。

食堂で働いている普通の人妻が、ここまで淫らになるとは驚きだ。そのギャップにやられて、健太郎の理性はドロドロに蕩けていった。

「か、佳純さん……お、俺……」

「気太郎さんも盛りあがってきたみたいですね。あの人たちに見せつけてやりましょうよ」

佳純はそう言うと、健太郎の股間にまたがった。

健太郎は湯のなかで胡座をかいており、正面から抱き合う格好だ。いわゆる対面座位の体勢で、勃起したペニスの先端が陰唇にツンツン触れていた。

9

佳純が腰をゆっくりおろして、陰唇が亀頭に押しつけられる。やがてヌプッという感触とともに、ペニスの先端が膣にはまるのがわかった。

「はああンっ、お、大きいです」

「くううッ」

佳純が色っぽい声で喘いで、健太郎の口からこらえきれない呻きが漏れる。

亀頭が完全に膣のなかに埋まり、カリ首が膣口で締めつけられたのだ。甘い痺れがひろがり、たまらず彼女のくびれた腰を強く抱きしめた。

「あンっ、もっと奥まで……はああンっ」

佳純が腰をさらに落としたことで、ペニスが根もとまで膣内に収まった。

露天風呂のなかでの対面座位だ。熱い媚肉がザワザワと蠢いて、ペニス全体にからみついている。奥へ奥へと引きこむように波打つことで、鮮烈な快感がひろがった。

だが、ペニスに受ける刺激だけではなく、湯けむりの向こうにいるカップルが気になっている。セックスしていることに気づいたのか、ふたりともこちらをじっと見つめていた。

「み、見られてますよ」

腰を振りたい衝動がこみあげるが、視線が気になって動けない。彼女の腰を抱いたまま固まっていた。

「ああンっ、見られると興奮しちゃいます」

佳純は視線が気になるどころか、見られることで高まっている。うっとりした表情を浮かべて、腰をねちっこくまわしはじめた。

「なかが擦れて……はあああンっ」

鋭く張り出したカリが、膣壁にめりこんで擦りあげる。それが感じるらしく、佳純の腰の動きはますます大胆になった。

「ううっ、気持ちいい」

健太郎も呻き声を漏らして、両手で佳純の尻たぶを強くつかんだ。指先が柔らかい尻肉にめりこむ感触に興奮する。そのまま女体を大きくまわして、ペニスと膣の摩擦を強くした。

「あぁっ、そ、それ、すごいです」

佳純の喘ぎ声が大きくなる。

おそらく、その声はカップルにも聞こえているはずだ。湯のなかでの対面座位なので、下半身は隠れている。それでも、見られていると思うと、激烈な羞恥がこみあげた。

(でも、どうして……)

こんなに興奮するのはなぜだろうか。

はじめて経験する感覚に健太郎はとまどいを隠せない。人に見られながらのセックスが、これほど昂るものとは知らなかった。

「ああンっ、オチ×チンがなかでピクピクしてます……興奮してるんですね」

佳純が喘ぎまじりにつぶやき、膣でペニスを締めつけた。

「ううッ、そ、そんなに強くされたら……」

「気持ちいいんですね。健太郎さんの感じている顔を見てると……ああッ、わたしも感じちゃいます」

佳純は腰をグイグイ回転させて、膣とペニスを擦りつづける。たっぷりした乳房が、健太郎の胸板に密着するのもたまらない。

「くううッ、お、俺、もう……」

「あァッ、いっしょに……あああァッ」

ふたりは唇を重ねると、舌を深くからませる。

「ううウッ、で、出るっ、くうううううッ！」

「い、いいっ、あああァッ、イクッ、イクううッ！」

健太郎と佳純は露天風呂のなかで抱き合い、同時に昇りつめた。

そんなふたりのことを、離れた場所からカップルが見つめている。若い女性と中年男というワケありそうな組み合わせだ。

ふたりも湯のなかで互いの股間をまさぐり合っているのか、なにやらもぞもぞ動いている。

「あっ、そ、そこ……」

「ううっ、い、いいよ」

若い女が喘げば、中年男も呻き声を漏らす。こちらがセックスしているのを見て、盛りあがったに違いない。

「さっきのわたしたちと同じですね」

佳純は健太郎の股間からおりると、妖しげな笑みを浮かべてささやいた。

確かに先ほどは、若いカップルがイチャつくのを眺めて、健太郎と佳純が盛りあがった。そして、今は自分たちがセックスするのを見せつけて、あのカップルを興奮させたのだ。

「指、挿れて……」

「いいのかい。じゃあ、挿れるよ」

「あああッ、い、いいっ」

「おおッ、そんなに擦られたら……くおおッ」

ふたりはずいぶん興奮している。互いの股間を愛撫することで、どんどん高まっていた。

「この温泉は、どうなってるんだ……」

健太郎の理解の範疇《はんちゅう》をはるかに超えている。

こんな場所があるとは信じられない。しかし、他人に見られながらセックスしたのは紛れもない事実だった。

「せっかくだから、たっぷり楽しんでくださいね」

佳純が健太郎の手を取り、湯船のなかで立ちあがらせる。そして、大きな岩の前に移動すると、そこに座るようにうながした。両足は湯に浸けたままで、体のほとんどが露になった状態だ。

「今度はなにをするつもりですか」

健太郎は尋ねるが、ペニスは妖しい期待でそそり勃っている。すでに三度射精しているが、まだ何度でもできそうな気がした。

「もっと刺激的なことがしたくて……」

佳純は背中を向けると、健太郎の両膝をまたいで立った。そして、股間に座りながら、ペニスを膣に受け入れる。

「ああああッ、やっぱり大きいっ」

「ううッ、ま、また……」

佳純の喘ぎ声と健太郎の呻き声が交錯する。

今度は背面座位での挿入だ。佳純はカップルのほうを向いて、大股開きになっている。そのため、結合部分がまる見えになっているはずだ。佳純の肩ごしに確認すると、カップルは興奮した様子で目を見開いていた。

「は、恥ずかしい、あああッ」

佳純はさっそく腰を振りはじめる。股間をクイクイとしゃくり、膣に埋まっているペニスを絞りあげた。

「おおおッ、き、気持ちいいっ」

健太郎は両手を女体にまわすと、双つの乳房を揉みしだく。柔肉に指をめりこませては、先端で揺れる乳首をクニクニと転がした。

「あああッ、いいっ」

「お、俺も……おおおッ、おおおおおおおッ！」

他人の視線がスパイスとなり、瞬く間に絶頂の大波が押し寄せる。

「イ、イキそうっ、あああッ、イクッ、イックうううッ！」

佳純が昇りつめる声を聞きながら、健太郎も思いきり精液を噴きあげた。

第四章　憧れの先輩

1

翌朝、健太郎は温泉宿の客室で目を覚ました。

(よく寝たな……)

横になったまま思いきり伸びをする。

昨日は食堂で出会った人妻の佳純と、露天風呂で濃厚な時間を過ごした。すべてが終わったあと、佳純は満足げな表情を浮かべてタクシーで帰った。

思い返すと自分でも信じられない。なにしろ、手コキ、フェラチオ、それに二度のセックスと計四度も射精したのだ。あれほどのことをしたのに、どこも筋肉痛になっていない。それどころか、体調はすこぶるよかった。

秋田に来てから荒淫の毎日だが、今朝もすっきり目が覚めた。ペニスにいたっては、朝勃ちでガチガチになっていた。

毛布を剥ぎ取って、自分の股間に視線を向ける。自己主張するように堂々とそそり勃っている愚息が誇らしく感じた。

(若返りの秘湯か……)

もはや疑う余地はない。秘湯の効能は本物だ。

しかし、秋田を訪問するまで、噂すら一度も耳にしたことがなかった。即効性があり、効果は絶大なのに、どうして全国的に知られていないのだろうか。

若返りの秘湯は、場所によってずいぶん雰囲気が違うようだ。

普通の銭湯のようなところもあれば、温泉宿の大浴場もある。この宿のようにカップルが露出プレイを楽しむ露天風呂もあるのだ。

これらは地元の人たちが昔から大切に守ってきたものに違いない。よそ者に荒らされるのを恐れて、箝口令《かんこうれい》が敷かれているのかもしれない。どこの温泉も空いていたのは、旅行者が訪れないからだ。

(いや、そもそも若返りの秘湯なんて、誰も信じるはずないか……)

健太郎も自分が体験して実感するまで、まったく信じていなかった。

観光地として整備されているわけではないので、噂にすらならないのかもしれない。それを考えると、かなり貴重な体験をしたことになる。

朝食を摂ると、身支度をして出発だ。

さっそくレンタカーで走りはじめる。旅は四日目を迎えて、いよいよ男鹿半島の目的地に到着する予定だ。

毎日が驚きの連続だった。まさか、これほど刺激的な旅になるとは思いもしなかった。

そして今日、大学時代に片想いしていた女性、村上咲恵と再会する。

咲恵はみっつ年上の先輩で、テニス部に所属していた。ラケットを振るたび、セミロングの黒髪がなびいてキラキラ輝いていたのを昨日のことのように覚えている。明るくて健康的な美少女で、とにかく眩しかった。

会うのが楽しみな反面、少し怖い気もする。

なにしろ二十年ぶりの再会だ。思い出が美しすぎるゆえ、どんな容姿になっているのか不安だった。

自分はすっかり老けてしまった。

まだ三十九歳なのに白髪が増えたし、皺《しわ》もずいぶん多くなった。かわいかった咲恵も四十二歳になっているはずだ。できることなら、かわいいままでいてほしい。

手紙に添えられていた住所を頼りに車を走らせる。やがて赤い屋根の一軒家の前に到着した。

(ここか……)

車を降りて玄関に向かう。表札を見やると「井上」と書いてあった。

苗字が違う。手紙を取り出して住所を確認しようとしたとき、玄関ドアがゆっくり開いた。

2

「どちらさまですか？」

ドアの隙間から若い女性の声が聞こえた。

どうやら、玄関の外で人の気配がしたので、住人が出てきたらしい。健太郎は訪ねる家を間違えたことに気づいて、思わず顔をひきつらせた。

「すみません。知り合いの家を探していたのですが、間違えてしまいました」

そう言って頭をさげると、そそくさと車に向かって歩きはじめる。

(おかしいな。住所は合ってるはずなのに……)

手紙に視線を落として首をかしげた。

咲恵からお誘いの手紙をもらって、健太郎はすぐに返事を書いた。

何度か手紙のやり取りをして、到着する日も伝えてある。電話をかければすぐにすむことだが、あえて手紙で連絡を取り合った。咲恵の声を聞くのは会ってからの楽しみに取っておくつもりだった。

(きっと待ってるぞ。急がないと……)

家の前に停めた車に乗りこもうとする。

「ちょっと、待ってください」

そのとき、再び女性の声が聞こえた。

呼びとめられて立ちどまる。なにごとかと振り返った瞬間、思わず両目をカッと見開いた。

「なっ……」

それ以上、言葉にならない。信じられないものを目にして、全身が金縛りにあったように固まった。

玄関の前に立っているのは、かつて恋をしていた咲恵だ。

クリーム色のハイネックのセーターを着て、赤いチェックのミニスカートを穿いている。セミロングの黒髪もあのころのままだ。セーターの胸もとは大きくふくらみ、スカートの裾からはスラリとしたナマ脚が伸びていた。

(さ、咲恵さん……いや、そんなはず……)

心のなかで呼びかけるが、直後に否定する。

咲恵は今年で四十二歳になったはずだが、目の前の女性はどう見ても二十歳そこそこだ。いくらなんでも、咲恵がこんなに若いはずがない。

(じゃ、じゃあ、これは誰なんだ……)

健太郎は思わず眉根を寄せて凝視する。

あまりにも似ている。大学生のころの咲恵に瓜ふたつだ。時間は経っているが、記憶は薄れていない。これほど酷似している人間が、この世に存在するとは思えない。

「手紙の住所を見て、来てくれたのですね。ここで合っていますよ」

女性は健太郎が握っている手紙を目にして、やさしげな微笑を浮かべる。

いったい、どういうことだろうか。表札の苗字は「村上」ではなく「井上」となっていた。

(もしかしたら……)

いやな予感が胸にこみあげる。

咲恵は結婚して姓が変わったのではないか。手紙は健太郎がわかりやすいように、あえて旧姓で出したのではないか。そして、目の前の女性は咲恵の娘ではないか。これくらいの年齢の子供がいてもおかしくないし、瓜ふたつなのも納得がいく。

「あ、あの……お母さんはいますか」

思いきって尋ねる。

すると、咲恵にそっくりの女性は、一瞬きょとんとした顔をした。そして、ふふっと声に出して笑った。

「お久しぶりです。咲恵です」

3

健太郎はリビングに通されて、勧められるままソファに腰かけた。

背後の対面キッチンを見やれば、先ほど咲恵と名乗った若い女性がコーヒーを淹《い》れている。

おそらく、彼女は咲恵の娘だ。大学時代の知り合いが遊びに来ることを母親から聞かされていたに違いない。そのうえで、冗談を言いながら初対面の健太郎を迎えたのだろう。

（それにしても……）

健太郎は首をかしげた。

なにかがおかしい。咲恵はどこにいるのだろうか。到着する日は手紙で伝えたのだ。

「お待たせしました」

彼女がコーヒーカップをテーブルに置いて、すぐ隣に腰をおろした。

「そろそろ、お母さんに会わせてくれないかな」

とまどいながら尋ねる。すると、彼女はまじめな顔で健太郎を見つめ返した。

「わたしが咲恵です」

「だから、そういうのはもういいから――」

「突然のお誘いで驚いたでしょう。でも、どうしても健太郎くんに会いたくなったんです」

彼女はそう言って、ふいに瞳を潤ませた。

「今さらですよね。ごめんなさい。わたし……健太郎くんの気持ちにずっと気づいていたんです」

「な、なにを言って……」

動揺して声が震えてしまう。本物の咲恵と話している気分になってきた。

「それなのにテニス部の先輩に迫られて、舞いあがってしまって……どうしても拒絶できなくて、部室でもあんなことを……」

部室と聞いて、二十年前の光景がまざまざと脳裏によみがえる。

咲恵はテニス部の部室で、ＯＢの男とセックスをした。立ちバックや背面座位で突きまくられて、たまらなそうに喘いでいたのだ。

「じつは、健太郎くんが部室をのぞいていたの、気づいていたんです」

「ど、どうして、そのことを……キミは本当に咲恵さんなのか？」

健太郎はまさかと思いながらつぶやいた。

すると彼女は微笑を浮かべて、こっくりうなずく。そして、健太郎の手を取って立ちあがる。

「つづきはお風呂に入りながら話しませんか」

彼女はリビングを出ると、脱衣所に向かった。

「先に入ってください。わたしもすぐに入ります」

そう言われて、健太郎はわけがわからないまま服を脱ぐと、浴室に足を踏み入れた。

家庭用にしては立派な檜風呂だ。しかも、温泉を引いているらしく硫黄泉の香りが漂っていた。

かけ湯をして浴槽に浸かると、すぐに引き戸が開いた。

彼女は裸で、白いタオルを乳房にあてがっている。タオルは縦長に垂らしているため、股間もかろうじて覆っているが、身体の両脇はまる見えだ。S字にくねる腰のラインに胸の鼓動が高鳴った。

「この温泉に毎日浸かっているので、昔のままの姿でいられるんです」

冗談を言っている雰囲気ではない。彼女は真剣そのものだ。

「まさか、この温泉……」

「もうご存じのようですね。ええ、そうです。若返りの秘湯です」

衝撃的な事実を聞かされて、雷に打たれたようなショックを受けた。

彼女は咲恵だ。しかも、若いころの姿をそのまま保っていた。信じられないが、事実だ。

咲恵はかけ湯をすると、タオルをはずして健太郎の隣で湯に浸かった。

4

「ああっ、いい湯ですね」

咲恵が喘ぐようにつぶやいた。

そして、健太郎の目を見つめて微笑を浮かべる。湯のなかで揺れるたっぷりした乳房も、股間でそよぐ黒々とした陰毛も隠そうとしない。きっと自分の容姿に自信があるのだろう。なにしろ、彼女は大学生のころと、まったく変わらない姿なのだ。

「さ、咲恵さん……どういうことなんですか」

健太郎はやっとのことで口を開いた。

「このあたりの温泉は、とくに成分が濃いのです。しかも、各家庭に引いているので毎日入れます。そのため、人体に絶大な効果が現れるんです」

「絶大な効果って……」

「性欲が増すだけではありません。実際に肉体が若返るんです」

「まさか、そんな……」

目の前の事実をなかなか受け入れられない。

若返りの秘湯の効能は、身をもって体験している。だからといって、肉体が若返るなど、にわかには信じがたい。

(でも、現に……)

健太郎は湯のなかで揺れる乳房を見つめて、思わず生唾を飲みこんだ。

咲恵の肉体は老いることなく、二十代前半の瑞々しさを保っている。現在の科学では説明できない特殊な力が働いているとしか思えない。それこそが若返りの秘湯の効能なのだろう。

信じられないが、信じるしかない。彼女が咲恵なのは間違いないのだ。

「ところで、どうして男鹿半島に住んでるのですか」

聞きたいことは山ほどある。とにかく、わからないことだらけだ。

「テニス部のOBだった先輩と結婚したんです」

大学を卒業して、すぐにあの男と結婚したという。

そして、夫の地元である男鹿半島に移り住んだ。ところが、夫は女癖が悪くて浮気をくり返しているという。

「夫も若返りの秘湯に入っていますから……」

若さと精力を保っているため、何年経っても落ち着かないらしい。

「今、夫は浮気相手と暮らしているんです」

別居状態が長くつづいており、離婚は時間の問題だという。

「大変だったんですね」

「わたし、ずるい女なんです。自分が淋しくなったから、健太郎くんに連絡をしたんです」

「そんなことないですよ。俺は手紙をもらってうれしかったんです」

健太郎も妻を三年前に亡くして、現在は独り身であることを話した。

「それなら、なにをしても問題ないですね」

咲恵が湯のなかで裸体をすっと寄せる。右手が健太郎の股間に伸びて、ペニスをそっと握った。

「うっ……で、でも、どうして俺なんですか」

股間にひろがる快楽に呻きながら質問する。

「だって、健太郎くん、すごくやさしかったから。それなのに、先輩に言い寄られて、流されてしまって……わたしがバカでした」

「それじゃあ、俺たち……」

「はい。相思相愛だったんです」

衝撃の事実にショックを受ける。そんな健太郎の心を癒《いや》すように、咲恵はペニスをやさしくしごきはじめた。

5

まさか咲恵と相思相愛だったとは、想像すらしたことがなかった。

大学時代、健太郎が勇気を出して告白してさえいれば、ふたりは結ばれていたに違いない。一歩を踏み出せなかったばかりに、咲恵をほかの男に取られてしまったのだ。

「俺はバカだ。大バカ野郎だ……」

健太郎は思わずつぶやき、奥歯をグッと嚙みしめる。

もしタイムマシンがあるなら、過去に戻って意気地のなかった自分を殴り飛ばしてやりたい。そして、今すぐに告白しろと言ってやりたい。

(咲恵さんは若いままなのに、俺はもう……)

落胆して肩を落とす。

　今さら咲恵の気持ちを知ったところで、キラキラした青春時代をやり直すことはできない。大学を卒業してから二十年も経ち、健太郎は三十九歳のくたびれた男になってしまった。どうにもならないのなら、咲恵の気持ちを知らないままのほうがよかった。

「咲恵さん、どうして今さら……こんなの残酷すぎますよ」

　心は苦しいが、股間には快感がひろがっている。己の股間を見おろせば、湯のなかで咲恵がペニスをやさしくしごいていた。

　ペニスだけは若いとき以上に元気だ。

　しかし、顔には皺が増えたし、頭は白髪だらけで、腹も中年太りでぽっこり出ている。咲恵は若さを保っているが、健太郎は年相応の見た目になっていた。並んで歩いたら親子かパパ活にしか見えないだろう。どんなに若作りしたところで釣り合うはずがない。

「大丈夫です。時間は巻き戻せませんが、外見なら変えることができます」

「変えるって言っても限度があるよ」

「お忘れですか。これは若返りの秘湯ですよ」

　咲恵は微笑を浮かべると、右手でペニスをしごきながら左手で湯を掬《すく》ってみせた。

「いくら若返りの秘湯でも……」

「実際、こんなに元気になってるじゃないですか」

「ううっ……」

ペニスをキュッと握られて、甘い刺激が全身にひろがった。

確かに連日、若返りの秘湯に浸かり、減退していた精力がよみがえった。体も疲れにくくなり、活力が満ちあふれている。

「でも、だからって……」

見た目まで若返るとは思えない。そんなことが可能なら、老人がいなくなってしまうではないか。

「この村には若者しかいないいんです」

「そんなバカな……」

「本当です。みんな二十代ばかりです。とはいっても見た目の話ですけど」

咲恵はそう言いながらペニスをしごくスピードをあげる。先端から我慢汁がどんどん溢れて、湯のなかに溶けていく。

「精力がアップして体力も回復しますが、寿命が延びるわけではありません」

「それでも青春時代をやり直せるのなら……」

「健太郎くんがその気なら、お手伝いしますよ」

咲恵に誘導されて、湯船の縁に腰かける。咲恵が前にまわりこみ、健太郎の股間に顔を寄せた。

「ここで暮らして、毎日、温泉に浸かってください」

瑞々しい唇が亀頭に触れる。やさしくキスをしたと思ったら、そのままぱっくり咥えこんだ。

6

「ああンっ、大きい……」

咲恵が鼻にかかった声を漏らして、上目遣いに見あげる。

唇で竿をやんわり締めつけると、口内の亀頭に舌をからみつかせた。飴玉のように舐めまわして、唾液をたっぷり塗りつける。さらには舌先でカリの裏側をくすぐり、尿道口をチロチロと刺激した。

「くううッ、き、気持ちいいっ」

健太郎は快楽に呻いて仰け反った。

まさか咲恵にペニスをしゃぶってもらえる日が来るとは思いもしない。感動と興奮で全身の血液が沸き立った。

大学生のときは好きで好きでたまらなかったが、フラれるのが怖くて告白できなかった。テニス部のOBと咲恵がセックスしているのを目撃したときは、頭をハンマーで殴られたようなショックを受けると同時に激しい嫉妬に駆られた。

大学卒業後は二度と会うことはないと思った。それなのに二十年の歳月を経て、今こうしてペニスをしゃぶられている。

「あフンっ、健太郎くんの大きくて素敵です」

あのころと変わらない姿の咲恵が、己の股間で首を振っているのだ。

「さ、咲恵さんが、こんなことをするなんて……」

「幻滅しましたか」

咲恵がいったんペニスを吐き出して、手で竿をしごきながらつぶやく。

若返りの秘湯のおかげで長い間、二十代前半の姿を保っている。精力も充実しているため、普通の人よりも多くの経験を積んできたという。

「幻滅なんてしないけど……経験は旦那さんとだけですよね」

「いえ、精力がありあまっていたので……」

咲恵は言いにくそうに打ち明ける。

浮気をしていたのは夫だけではないらしい。ふたりとも旺盛な精力を持てあまして浮気をくり返していたようだ。

「まさか、咲恵さんが……」

「わたし、悪い女なんです。週末になると街のバーに入り浸っていました。女がひとりで飲んでいれば、必ず男の人に声をかけられますから……」

そして、行きずりのセックスで快楽を貪っていたという。

「そんなことを……」

信じたくないが、本人が言うのだから間違いない。

愛らしかった咲恵のイメージが崩れていく。それでいながら興奮しているのも事実だ。

「健太郎くんのオチ×チン、ピクピクしてますよ」

指摘されて自覚する。咲恵が見知らぬ親父《おやじ》に犯されている姿を想像して、ペニスがこれ以上ないほど硬くなっていた。

「あ、危ない目には遭わなかったんですか」

「いろいろありましたよ。だって毎週だから……」

咲恵は口もとに妖しげな笑みを浮かべて、ペニスをねちっこくしごく。健太郎が興奮しているのを見抜いて、この状況を楽しんでいる。

「ベッドに縛りつけられてバイブでもてあそばれたときは、すごく濡れちゃいました」

咲恵の言葉で興奮が高まる。ペニスをリズミカルにしごかれて、瞬く間に限界が訪れた。ザーメンが勢いよく噴きあがり、白い放物線を描いて浴槽のなかに飛び散った。

7

健太郎はリビングのソファに腰かけている。

先ほど浴室で大量に射精したが、まだ精力は尽きていない。これからだというのに、咲恵はあっさり風呂からあがってしまった。

手料理をごちそうしてくれると言うが、今は食事よりもセックスがしたい。しかし、がっついていると思われたくなくてグッとこらえた。

「お待たせしました。たいしたものはありませんけど、健太郎くんに食べていただきたくて用意しておいたんです」

咲恵がローテーブルに料理を並べていく。

カセットコンロをセットして土鍋を乗せる。秋田名物のきりたんぽ鍋だ。しかも、せりがたっぷり入っている。

「すごくうまそうですね。じつはこっちに来てから、せりのおいしさに目覚めたんです」

「それはよかったです。ここに擂《す》りおろした自《じ》然《ねん》薯《じょ》をかけると、すごくおいしくなるんですよ」

咲恵が自然薯をたっぷり鍋に投入する。地酒も用意してあり、じつに華やかな雰囲気になった。

「たくさん食べてくださいね」

咲恵が隣に腰かける。黒いキャミソール一枚という色っぽい服装だ。ついつい視線が向いてしまう。肩紐が細くて、胸もとが大きく開いている。白い肌が大胆の露出しており、乳房がこぼれそうになっていた。

（うッ、や、やばい……）

またしてもペニスがギチギチに硬くなり、スラックスの前が大きなテントを張ってしまう。セックスのことばかり考えていると思われないように、懸命に平静を装った。

「どうぞ」

咲恵がお椀に料理をよそってくれる。まずは日本酒で乾杯すると、さっそく料理をいただいた。

「うまいっ、すごくうまいですよ」

摺りおろした自然薯が、せりときりたんぽに合っている。じつに美味で酒もどんどん進んだ。

「自然薯は精がつくって言いますよね」

さりげなく話を振ってみる。手料理は最高だが、やはりセックスしたくてたまらない。一度射精したくらいでは収まらないのだ。

「精がつくのは、自然薯だけではないですよ。きりたんぽのお米もせりも地物です。温泉成分を含んだ水で作られたんです」

「ということは、もしかして……」

「温泉を体の内側からも吸収することになります。若返りの秘湯は浸かるだけではなく、胃から取りこむこともできるんです」

「そ、そうなんですね……」

「強すぎるから初心者にはオススメできませんが、健太郎くんはもう大丈夫なはずです。即効性があるのですが、体に変化はないですか」

「そう言われてみると、体が熱いような……」

体温が急激にあがった気がする。

これは単に鍋料理を食べたからではなく、温泉成分を吸収した影響なのだろうか。ペニスもますます硬くなり、スラックスの前を突き破りそうなほど屹立していた。

「わたしも熱くなってきました」

咲恵も同じものを食べている。キャミソールの乳房のふくらみの頂点に、乳首がツンと浮きあがっていた。まだ触れてもいないのに、ビンビンに勃っているのは明らかだった。

8

「ああっ、ここがジンジンしてるんです」

咲恵はため息まじりにつぶやくと、両手を自分の乳房にあてがう。黒いキャミソールごしに、下から掬いあげるようにして揉みしだいた。

身体が疼いて仕方がないらしい。襟もとからのぞいている柔肌は、しっとり汗ばんでいた。

「さ、咲恵さん……」

むしゃぶりつきたい衝動がこみあげて、健太郎は思わず前のめりになった。

（ちょっと待て……）

そのとき、頭の片隅で理性がささやいた。

仮にも咲恵は既婚者だ。夫は浮気をしているらしいが、いつ戻ってこないとも限らない。咲恵とセックスしているところを見られたら最悪だ。

「旦那さんが急に帰ってきたりしませんか」

念のため確認する。

浮気をする男というのは、えてして身勝手なやつが多い。自分のことは棚にあげて、妻の不貞を絶対に許さない。かつて会社の同僚にそういうやつがいて呆れたのを思い出した。咲恵の夫がそのタイプだったら面倒だ。

「心配ないです。わたしが浮気をしていること、知っていますから」

「そうですか……」

ほっとする反面、咲恵が気の毒になる。夫は完全に興味をなくしているに違いない。

「俺が夫だったら、我慢できないですね」

健太郎はそう言いながら咲恵の肩に手をまわす。そして、グッと抱き寄せて首すじに唇を押し当てた。

「あンっ……」

「自分の奥さんが、こんないやらしい格好で、自分以外の男とふたりきりだったりしたら……」

ついばむようなキスをして、耳もとで語りかける。さらにはキャミソールの上から乳房を揉みあげた。

「もしかして、嫉妬してくれるんですか」

「もちろんですよ。きっと嫉妬するあまり、浮気をした奥さんにお仕置きするでしょうね」

ツンと勃起している乳首を布地ごしに摘まむ。そして、指先でクニクニと転がした。

「お仕置きって、どんな……ああンっ」

「俺から二度と離れられないように、いっぱい感じさせるんです」

耳たぶを甘噛みすると、咲恵はくすぐったそうに肩をすくめる。耳の穴に舌をねじこめば、腰を艶めかしくよじらせた。

「はあンっ……どんなことをするんですか」

女体をソファにそっと押し倒す。そして、キャミソールごしに乳首をいじりながら唇を重ねた。

「ああンっ」

口内に舌を入れると、咲恵は積極的にからみつかせる。自然とディープキスになり、互いに唾液を吸い合った。

「まずは身動きが取れないようにします」

チノパンからベルトを引き抜くと、彼女の手首を重ね合わせて縛りあげた。

そして、キャミソールの裾から手を忍ばせる。黒いパンティの股布をまさぐれば、すでにぐっしょり濡れていた。

「興奮するでしょう」

「ああっ、こ、興奮しちゃいます」

咲恵の反応に気をよくして、布地ごしに女陰を何度も撫でる。もどかしい刺激で、咲恵の悶《もだ》えかたがいっそう激しくなった。

9

「こ、こんなのって……あああッ」

咲恵の甘い声がリビングに響きわたる。

両手首をベルトで拘束されているのに、いやがっている様子はない。それどころか、たまらなそうに喘いでいる。

だから、健太郎の愛撫にますます熱が入った。両腕を頭上で押さえつけて、ベルトの端をソファの手すりに巻きつけて固定する。これで咲恵は完全に動けなくなった。

「ああンっ、ま、待ってください」

どうやら身体の自由を奪われたことで、感度がアップしたらしい。

キャミソールごしに乳首を摘まんでは、パンティの上から陰唇を何度も撫であげる。すると、咲恵は眉をせつなげに歪めて腰よじった。

「咲恵さんはこういうのが好きなんですね」

健太郎は口を耳に寄せると、熱い息を吹きこみながらささやいた。

「はああンっ、ダ、ダメです」

咲恵の声は色っぽく震えている。

思いつきで拘束しただけだが、意外な効果を発揮していた。どうやら咲恵はMっ気が強いらしい。キャミソールごしでも乳首が硬くしこっているのがはっきりわかる。パンティの股布は愛蜜でぐっしょり濡れていた。

「もし俺が夫だったとして、咲恵さんが浮気をしたら、こうやって焦らし抜いてお仕置きしますよ」

時間ならたっぷりあるので慌てることはない。乳首と陰唇を服の上からじっくり刺激する。

パンティごと指先を膣口に浅く埋めれば、女体がビクンッと反応した。

「は、入っちゃいます……あぁっ」

咲恵はかすれた声で訴えて、腰を右に左にクネクネとよじらせる。

身体は二十代前半の若さを保っており、顔立ちはバージンかと思うほど清純で愛らしい。しかし、実際は経験を豊富に積んでいる。旺盛な性欲を持てあまして、週末になるたびに男漁りをしていたのだ。その結果、全身の性感帯が開発されたらしい。どこに触れても敏感に反応するようになっていた。

「どこがいちばん感じるんですか」

剝き出しになっている腋《わき》の下に指先を這わせる。ムダ毛の処理が完璧にされており、なめらかで柔らかい皮膚の感触が心地よい。触れるか触れないかのフェザータッチで刺激を与えた。

「はンンっ、そ、そこはダメです」

咲恵は眉を八の字に歪めると、くすぐったそうに身をよじる。

女体がビクビクと反応して、乳首がさらにとがり勃つのがキャミソールごしに確認できた。

「すごいですね。あの咲恵さんが、こんなに感じてくれるなんて」

見た目がまったく変わらないので、大学生の咲恵に愛撫をしている気分だ。

叶《かな》わなかった青春時代の恋心が再燃する。同時にテニス部のOBに奪われた苦い思い出がよみがえった。

「俺は本気で好きだったんです。それなのに、あんな男と……」

パンティごと膣に浅く埋めた指先をグリグリと動かした。

「あンンッ、そ、それ、ダメですっ」

「これが感じるんですか」

「あああッ、もうダメっ、イ、イクッ、はあああああッ!」

10

咲恵の乱れた呼吸の音がリビングに響いている。

アクメに昇りつめた直後で、潤んだ瞳を天井に向けていた。

ソファの上で仰向けになっており、脚をしどけなく開いている。黒いパンティの股布は膣口に埋まったままで、周辺がぐっしょり濡れていた。

「こんな簡単にイッちゃうんですね」

健太郎はからかいの言葉をかけると、パンティのウエスト部分をつかんでグイッと引きあげる。すると、股布が食いこんで、敏感な女体を刺激した。

「あううッ……い、今はイッたばっかりだから……」

咲恵が困ったように眉を歪めて訴える。だが、そんな顔をされると、ますますいじめたくなってしまう。

「俺と違って若いんだから、何回でもイケるでしょう。ほらほらっ」

さらにパンティを引っぱりあげて、わざと陰唇に食いこませた。

「あああッ、ダ、ダメぇっ、はああッ」

ベルトが巻きついた両手に力がこもる。また感じてきたのか、股間を淫らにしゃくりあげた。

「そんな格好して、どうしたんですか」

「こ、擦れちゃいます……はあああッ」

「これが好きなんですね。もっとやってあげますよ」

咲恵が敏感に反応してくれるから、何度でも追いあげたくなる。パンティを食いこませて執拗に刺激すれば、女体が凍えたようにガクガクと震え出した。

「あううッ、ま、また……あああッ」

「またイクんですか」

キャミソールの上から乳首にむしゃぶりつく。パンティをクイクイ引きあげながら、薄い布地ごしに乳首を甘噛みした。

「あああッ、も、もうダメっ、あああああああッ！」

咲恵はよがり泣きを響かせて、またしても昇りつめる。華蜜を大量に垂れ流しながら、女体を思いきり仰け反らせた。

（俺も、そろそろ……）

ペニスが痛いくらいに勃起している。

ここまで来たら咲恵とひとつになりたい。欲望にまかせて腰を振り、ペニスをズブズブと出し入れしたい。咲恵は人妻になってしまったが、熱い気持ちを抑えることができないのだ。

「俺は今でも咲恵さんのことが……」

縛りつけていたベルトをほどいて咲恵の身体を引き起こす。ソファに座らせると、こみあげる想いのまま唇を重ねた。

「ああンっ、健太郎くん」

咲恵は唇を半開きにして応じてくれる。

舌を挿し入れると、すぐさまディープキスに発展した。舌をからませて唾液を交換すれば、瞬く間に気分が盛りあがる。

キャミソールの上から乳房を揉むが、布地ごしなのがもどかしい。直接触りたくて、キャミソールの肩紐に指をかけた。

「待ってください……つづきは寝室で」

咲恵が濡れた瞳でささやいてソファから立ちあがる。そして、健太郎の手をやさしく握った。

導かれるままリビングをあとにする。たどり着いたのは夫婦の寝室だ。サイドテーブルのスタンドだけが室内を照らしていた。

「本当にここでいいんですか」

別居中とはいえ、さすがにまずい気がする。ところが、咲恵はキャミソールを脱ぐと、パンティもおろしはじめた。

11

咲恵は一糸まとわぬ姿になって、ダブルベッドの前に立っている。スタンドのムーディな飴色の光が、白くてなめらかな女体を照らしていた。

乳房はたっぷりして張りがあり、乳首は鮮やかな桜色だ。腰は細く締まって、見事なS字の曲線を描いている。股間に視線を向ければ、ふっくらとした肉厚の恥丘に、楕円形に手入れされた漆黒の陰毛がそよいでいた。

（なんてきれいなんだ……）

神々しいまでの裸身を目にして、健太郎は言葉を発することもできなかった。

この世のものとは思えない美しさだ。胸にこみあげるものがあり、今にも涙がこぼれそうになっている。あまりにも眩《まばゆ》くて、目を細めて見つめていた。

「健太郎くんも脱いでください」

咲恵が頬をぽっと赤らめる。

自分だけ裸なのが恥ずかしいのだろう。両手で乳房と股間を隠す仕草が、かえって牡の欲望を煽り立てた。

どんなに経験を積んでも決して恥じらいを忘れない。そんな姿が、大学生のころの咲恵を想起させる。人妻とは思えないほど初々しく感じた。

健太郎も服を脱ぎ捨てて裸になる。ペニスがこれでもかと反り返り、自分の下腹部に貼りついていた。亀頭も竿もかつてないほど膨張して硬くなっている。まるで大学生に戻ったようだ。

（どうして、こんなに……）

温泉の効能なのは間違いないが、それにしても勃起力が凄まじい。

連日、若返りの秘湯に浸かったことに加えて、この家の成分の濃い温泉を体内に取りこんだことで、若返りが促進されたのかもしれない。我ながら頼もしく感じて、見せつけるように股間を突き出した。

「ああっ、素敵です」

咲恵が喘ぎまじりにつぶやき、腰を艶めかしくよじりはじめる。

雄々しくそそり勃ったペニスを見ただけで興奮したのかもしれない。内腿をもじもじ擦り合わせると、それだけで股間からクチュッ、ニチュッという湿った音が聞こえた。

「咲恵さん、もしかして……」

「ごめんなさい。濡れちゃいました」

耳までまっ赤に染めて告白する。そんな咲恵の姿にますます興奮が高まった。

「謝ることないですよ。ほら、俺だって」

自分の股間を見おろすと、亀頭の先端から我慢汁が大量に溢れている。透明な糸を引いて、ツツーッと滴り落ちていた。

「健太郎くんも濡れているんですね」

「そうですよ。咲恵さんとひとつになりたくて、こんなに濡れてるんです」

ふたりは見つめ合って歩み寄る。吐息がかかるほど顔を近づけるが、まだ唇は重ねない。胸の鼓動が高鳴り、ペニスがピクッと反応した。

「あンっ……硬いのが当たってます」

張りつめた亀頭が、咲恵の恥丘に触れている。溢れている我慢汁が、陰毛をぐっしょり濡らした。

「お、俺……もう、これ以上は我慢できません」

「まだですよ。もう少しだけ我慢してください」

咲恵はそう言いながらキスをする。ふたりは舌をからめて抱き合うと、そのままベッドに倒れこんだ。

12

「どうしても挿れたいんです。いいでしょう」

健太郎は女体を強く抱きしめると、彼女の耳もとで熱くささやいた。

「まだダメです。ギリギリまで我慢したほうが、燃えますよ」

咲恵は裸体を悩ましくよじりながら答える。

耳の穴に息を吹きこまれて、感じているのは明らかだ。股間からは蜜音を響かせているのに、まだ焦らすつもりらしい。

「健太郎くんとは、じっくり愛し合いたいんです」

咲恵は至近距離で目を見つめてつぶやいた。

そう言われると強引に挿入することはできない。健太郎は理性の力を総動員して、ふくれあがる欲望を懸命に抑えこんだ。

「仰向けになってもらえますか」

「こうですか」

咲恵に言われるまま、健太郎はベッドで横になる。

すると、咲恵が逆向きになって、健太郎の顔をまたいだ。そのまま身体をぴったり重ねると、互いの股間に顔を寄せる形になる。いわゆるシックスナインの体勢だ。

「こうすると、たくさん愛し合えるんですよ」

咲恵は亀頭に息を吹きかけながらささやいた。

（愛し合うって、こういうことだったのか……）

健太郎は心のなかでつぶやき、目の前の濡れそぼった女陰を凝視する。

まさかシックスナインのことだとは思いもしなかった。やはり咲恵は健太郎よりもはるかに経験が豊富だ。挿入するまでの仮定を楽しむ余裕がある。

「健太郎くんのオチ×チン、大きくて硬くて素敵です」

咲恵は太幹に指を巻きつけると、亀頭にチュッ、チュッとキスをする。さらには舌を伸ばして、じっくり舐めまわす。唾液をたっぷり塗りつけると、ようやく唇をかぶせて口内に迎え入れた。

「うううッ」

こらえきれない呻き声が溢れ出す。

咲恵の口のなかは熱くてしっとりしている。漲った男根をやさしく咥えて、さっそく唇でヌプヌプとしごきはじめた。

「くううッ、こ、これはすごいっ」

いきなり射精欲がこみあげて、慌てて尻の筋肉を引きしめる。

健太郎も反撃とばかりに目の前の女陰にむしゃぶりついた。舌を伸ばして割れ目を舐めあげると、クリトリスをネロネロと舐めまわす。さらには唾液と華蜜を塗りつけて、思いきり吸いあげた。

「はああンっ」

咲恵がペニスを咥えたまま、くぐもった喘ぎ声を漏らす。そして、お返しをするように首の振りかたを激しくした。

「そ、そんなにされたら……うううッ」

またしても快感が押し寄せる。健太郎はなんとか耐えながら、舌先をとがらせて膣口に埋めこんだ。

「あああッ、い、いいっ」

咲恵が喘いで、すぐさまペニスを吸いあげる。

もちろん健太郎も唇を膣口に密着させて、愛蜜をジュルジュルと吸い立てた。

与えられる快感が大きければ大きいほど、相手に施す愛撫に熱が入る。その結果、ふたりは同時に絶頂の急坂を駆けあがった。

「うううッ、で、出るっ、おおおおッ、くおおおおおッ！」

「あああッ、も、もうダメっ、ダメですっ、はああああああッ！」

13

健太郎と咲恵は並んでベッドに横たわっている。ふたりとも全裸で、呼吸をハアハアと乱していた。

シックスナインで同時に絶頂を迎えた直後だ。

咲恵は口内に放出された精液をすべて嚥下して、健太郎も愛蜜を大量にすすり飲んだ。

(まさか、咲恵さんとこんなことができるなんて……)

健太郎は夢を見ているような気分で、絶頂の余韻を楽しんでいた。

「すごい……健太郎くんのオチ×チンまだ硬いままです」

咲恵の声が聞こえて、ペニスに甘い刺激がひろがった。

首を持ちあげて股間を見やれば、屹立したままの肉棒に咲恵の細い指が巻きついていた。

「出したばっかりなのに……きっと温泉に入ったからなんですね」

「若返りの秘湯に浸かれば回復が早くなります。たくさん楽しめますよ」

咲恵がうれしそうにささやき、添い寝をした状態でペニスをしごきはじめる。

若返りの秘湯に効果があることは、もはや否定のしようがない。実際、咲恵は二十代の姿を保っている。瑞々しい女体は少しも衰えていなかった。

（でも、俺は……）

自分の体を見て、思わずため息が漏れる。

中年太りで腹がぽっこり出て、ところどころにシミがある。筋力はすっかり衰えており、腕と脚は若いころよりずいぶん細くなってしまった。

「俺と咲恵さんでは、まったく釣り合ってないですね。援助交際をしている気分になりますよ」

自虐的につぶやいて苦笑を漏らす。

悲しいけれど、それが現実だ。いっしょに街を歩いたら、きっと親子にしか見えないだろう。

「大丈夫です。うちの温泉は成分が濃いですから、入っているうちに若返っていきます」

「でも、咲恵さんみたいに、二十代の体に戻ることはできないですよね」

「戻れます。でも、それには毎日浸かる必要があります。一日一回の入浴を何日かつづければ、必ず効果が現れます」

咲恵は乳房を健太郎の腕に押しつけて、ペニスをしごきながらささやいた。

「そうすれば、俺も……」

実際、温泉に入ることで精力が回復している。ペニスも元気になり、今では何回も射精できるようになった。

「でも、入浴をやめると年を取ってしまいます。維持するには毎日、入りつづけなければなりません」

咲恵はそう言いながら、健太郎の脚の間に入って正座をする。前屈《まえかが》みになってペニスに顔を寄せると、舌を伸ばして裏スジをねろりと舐めあげた。

「ううッ……」

思わず呻き声が溢れて、両脚がつま先までピーンッとつっぱった。

「毎日入るだけで、若くいられるんです。このオチ×チンも、もっと……」

咲恵の舌が亀頭を這いまわる。唾液を塗りつけて、ヌルヌルと快感を送りこんできた。

「ま、毎日は無理ですよ」

「ここでいっしょに暮らしませんか。そうすれば、毎日、温泉に入れますよ」

驚きの提案だった。

こちらで仕事を見つけて咲恵と暮らす。情熱的な夜を想像するだけで、ペニスが大きく跳ねあがった。

「このオチ×チンがほしいです」

咲恵は亀頭に舌を這わせながらささやいた。

両手を太幹の根もとに添えて、カリの裏側にも舌先を潜りこませる。周囲をぐるりとまわり、唾液をたっぷり塗りつけた。

「ううッ、そんなことをされたら、また……」

健太郎はたまらず呻き声を漏らす。

先ほどシックスナインで射精したばかりなのに、ペニスはガチガチに勃起して我慢汁を垂れ流している。またしても射精欲がふくらんで、尻をシーツから浮きあがらせた。

「気持ちいいんですね」

咲恵が目を細めて、うれしそうにつぶやく。そして、舌先を亀頭の先端に滑らせると、尿道口をチロチロと舐めはじめた。

「くううッ、そ、そこは……」

腰に震えが走るほど感じてしまう。

我慢汁でぐっしょり濡れているのに、咲恵はまったく気にすることなく舌を這わせている。それどころか、唇を先端に押し当てるとチュウウッと音を立てて吸いあげた。

「き、気持ちいいですっ」

「健太郎くんのお汁、すごくおいしいです」

咲恵のささやく声が性感を刺激する。

我慢汁を強制的に吸い出されるのは強烈な快感だ。腰がブルブル震えて、早くも絶頂の波が迫ってきた。

「そ、それ以上されると……ううッ」

「出していいですよ。いっぱい気持ちよくなってください」

咲恵はそう言いつつ、亀頭から唇を離してしまう。そして、太幹の根もとに指を巻きつけて、焦らすようにゆったりしごいた。

「ううう ッ……」

絶頂寸前まで高めておきながら、イクにイケない中途半端な快感だけしか与えてもらえない。我慢汁の量が一気に増えて、全身が燃えあがるような焦燥感がひろがった。

「さ、咲恵さんっ、くううぅッ」

「ふふっ……どうしたんですか」

咲恵は小悪魔的な笑みを浮かべている。

健太郎をもてあそぶことが楽しいらしい。悶える姿を楽しげに見つめながら、ペニスをしごく速度を調節している。

「さ、咲恵さんが、こんなことをするなんて……」

「わたし、いろんなことを経験してますから」

若返りの秘湯のおかげで咲恵は若さを保っており、普通の人より多くの経験を積んでいる。そのぶん性の知識も豊富らしい。

「こうして焦らされるのって、すごく興奮するんですよね」

太幹をゆったりしごきつつ、亀頭の先端に熱い息を吹きかける。それが刺激となり、新たな我慢汁がどっと溢れた。

「も、もうっ……」

「我慢できなくなっちゃったんですか」

咲恵はいたずらっぽくささやき、ペニスから顔を離す。そして、健太郎の左右の足首をつかんで高く持ちあげた。

「な、なにを……」

仰向けの状態で、股間が天井を向くほど体が折り曲げられる。その結果、ペニスはもちろん肛門も剥き出しの状態になった。

ちんぐり返しと呼ばれる体勢だ。咲恵は妖しげな笑みを浮かべて、股間に顔を近づけた。

14

「お尻の穴もまる見えですよ」

咲恵がペニスごしに健太郎の顔を見おろしてつぶやいた。

「こ、こんなこと、どこで覚えたんですか」

羞恥に震えながら尋ねる。健太郎はちんぐり返しの形に押さえつけられているのだ。

ペニスはともかく、肛門までさらすのは恥ずかしくてならない。それでいながら淫らな期待がこみあげていた。

「こういうので興奮する男の人もいるんです。いろんな人に出会って、たくさん教えてもらいました」

咲恵の唇は肛門の真上にある。話すたびに息が吹きかかり、ゾクゾクするような刺激が走った。

「そ、そうなんですね……」

「健太郎くんは、お尻の穴を触られるの好きですか」

「し、尻なんて……ひううッ」

いきなり尻穴を舐められて、裏返った声が出てしまう。強烈な刺激で、身体がビクッと反応した。

「敏感なんですね」

咲恵はなおも舌を這いまわらせる。

肛門全体に唾液をたっぷり塗りつけると、放射状にひろがる皺を一本一本なぞるように丁寧にゆっくり舐めていく。

「き、汚いからダメですよ……うううッ」

「さっき温泉に入ったから大丈夫ですよ。それに健太郎くんの体に汚いところなんてありません」

「で、でも、尻は……くううッ」

肛門を舐められて感じるのは、いけないことをしているような背徳感をともなう悦びがある。しかも、ここが夫婦の寝室だと思うと、なおさら興奮に拍車がかかった。

「健太郎くん、これがお好きみたいですね」

咲恵は執拗に肛門を舐めまわす。柔らかくほぐれてくると、とがらせた舌先を中心部に押し当てた。

「ま、まさか、ちょっと待ってください」

慌てて声をかけるが、咲恵はまるで聞く耳を持たない。そのまま舌先に力をこめて、尻穴にヌプリッと埋めこんだ。

「ひぐううッ」

おかしな声が漏れて、宙に浮いている脚が跳ねあがった。

信じられないことに、咲恵は尻穴に舌を挿入したのだ。さらに右手をペニスに巻きつけて、ゆったりしごきはじめた。

「そ、そんなことまで……うううッ」

凄まじい快感が突き抜ける。しかも淫らな愛撫を施す咲恵の姿が、ちんぐり返しに押さえつけられている健太郎からよく見えた。

（なんて、いやらしいんだ……）

咲恵は尻穴に埋めこんだ舌をゆっくり出し入れしている。

下品極まりない愛撫なのに、咲恵がやると艶めかしくて、じつに刺激的な光景だ。まるで肛門を犯されているような感覚に陥り、裏返った呻き声を抑えられなくなった。

「ひううッ、も、もうっ」

「ンっ……ンっ……」

咲恵がペニスをしごくスピードをあげて、頭のなかが快感で燃えあがる。射精欲はあっという間に限界を突破して爆発した。

「で、出るっ、出る出るっ、くおおおおおおおッ！」

尻穴が気持ちよくて、ペニスが脈動する。全身の毛が逆立つような快感のなかで大量の精液を放出した。

15

「まだ、こんなに……」

健太郎はベッドで仰向けになった状態で、自分の股間を呆然と見つめていた。すでに何度も射精しているのに、ペニスは萎えるどころか、ますます青スジを浮かべて勃起していた。

「これが若返りの秘湯の効能です。不思議なことではありませんよ」

隣で横座りしている咲恵がささやく。

この土地に長く住んでいるため、身をもって温泉の効能をわかっている。なにしろ二十代の瑞々しい容姿を保っているのだ。咲恵の若さが眩しい。

「もう我慢できないですっ」

健太郎は体を起こすと、咲恵をベッドに押し倒す。覆いかぶさってキスをすれば、咲恵は唇を半開きにして受け入れてくれる。舌をからみつかせて、唾液を何度も交換した。

「さ、咲恵さんっ……咲恵さんっ」

「ああンっ、健太郎くん……ほしいです」

咲恵は膝を立てると、左右にゆっくり開いていく。

さんざん淫らなことをしたのに、決して恥じらいを忘れない。そんな咲恵の姿が好ましい。やがて剝き出しになったサーモンピンクの陰唇は、愛蜜でぐっしょり濡れていた。

正常位で重なり、ペニスを陰唇に押し当てる。濡れそぼった膣口は、軽く押しただけでも亀頭を簡単に吞みこんだ。

「はああッ、い、いいっ」

「すごく締まってますよ」

まだ亀頭を挿れただけだが、膣が敏感に反応してカリ首を締めつけた。

さらに押し進めて、ペニスを根もとまでずっぷり挿入する。とたんに女体が小刻みに震えはじめた。

「もうイキそうなんですね。イッていいですよっ」

「はンンッ、ダ、ダメっ、はあああああああッ！」

咲恵は眉を八の字に歪めると腰を激しくよじらせる。挿入しただけで昇りつめたのだ。よほど男根を欲していたに違いない。

「まだまだこれからですよ」

昂っているのは健太郎も同じだ。

さっそく腰を振りはじめる。ペニスをゆっくり後退させて、亀頭が抜け落ちる寸前でいったんとまる。そして、再び根もとまで一気に押しこんだ。

「くおおおおおッ」

「はああッ、い、いいいっ」

咲恵の感じかたは凄まじい。張り出したカリが膣壁を擦ると、ヒイヒイ喘いで仰け反った。

「あああッ、健太郎くんのすごいですっ」

「やっとひとつになれましたね」

健太郎は感動して、咲恵の身体を抱きしめる。すると咲恵も健太郎の首に腕をまわして抱きついた。

「好き……好きです」

耳もとでささやかれてテンションがあがる。ペニスを深く埋めこんだまま、女体を抱きあげてベッドから降り立った。

人生ではじめての駅弁ファックだ。なぜか力が漲っており、軽々抱きあげることができた。

寝室の壁に設置されている姿見の前に移動する。

そこに映った自分の姿を見て驚愕《きょうがく》した。白髪まじりだった髪が黒くなり、体もいくらか引きしまっている。明らかに若返っていた。

「ああッ、すごいっ、感じちゃうっ」

咲恵がたまらなそうに喘いで腰をよじる。

健太郎はペニスを真下から力強く突きあげて、膣の深い場所まで何度もえぐりこませた。

「はあああッ、お、奥っ、奥がいいですっ」

「おおおッ、き、気持ちいいっ、で、出る出るっ、おおおおおおおおおッ！」

「あああッ、イ、イクッ、イクッ、はあああああああああッ！」

膣奥に射精すると同時に憧れの先輩が昇りつめていく。

よがり泣く咲恵をしっかり抱きしめて、健太郎はこの地に移り住むことを心に誓った。

※この作品は「日刊ゲンダイ」にて二〇二三年九月四日から十二月二十八日まで連載されたものを大幅に加筆・修正したものです。